阅读之前 没有真相

午 夜 文 库

阿加莎·克里斯蒂

赫尔克里·波洛系列

阿加莎·克里斯蒂

Agatha Christie（1890—1976）

无可争议的侦探小说女王，侦探文学史上最伟大的作家之一。

阿加莎·克里斯蒂原名为阿加莎·玛丽·克拉丽莎·米勒，一八九〇年九月十五日生于英国德文郡托基的阿什菲尔德宅邸。她几乎没有接受过正规的教育，但酷爱阅读，尤其痴迷于歇洛克·福尔摩斯的故事。

第一次世界大战期间，阿加莎·克里斯蒂成了一名志愿者。战争结束后，她创作了自己的第一部侦探小说《斯泰尔斯庄园奇案》。几经周折，作品于一九二〇年正式出版，由此开启了克里斯蒂辉煌的创作生涯。一九二六年，《罗杰疑案》由哈珀柯林斯出版公司出版。这部作品一举奠定了阿加莎·克里斯蒂在侦探文学领域不可撼动的地位。之后，她又陆续出版了《东方快车谋杀案》《ABC 谋杀案》《尼罗河上的惨案》《无人生还》《阳光下的罪恶》等脍炙人口的作品。时至今日，这些作品依然是世界侦探文学宝库里最宝贵的财富。根据她的小说改编而成的舞台剧《捕鼠器》，已经成为世界上公演场次最多的剧目；而在影视改编方面，《东方快车谋杀案》为英格丽·褒曼斩获奥斯卡大奖，《尼罗河上的惨案》更是成为几代人心目中的经典。

阿加莎·克里斯蒂的创作生涯持续了五十余年，总共创作了八十余部侦探小说。她的作品畅销全世界一百多个国家和地区，累计销量已经突破二十亿册。她创造的小胡子侦探波洛和老处女侦探马普尔小姐为读者津津乐道。阿加莎·克里斯蒂是柯南·道尔之后最伟大的侦探小说作家，是侦探文学黄金时代的开创者和集大成者。一九七一年，英国女王授予克里斯蒂爵士称号，以表彰其不朽的贡献。

一九七六年一月十二日，阿加莎·克里斯蒂逝世于英国牛津郡沃灵福德家中，被安葬于牛津郡的圣玛丽教堂墓园，享年八十五岁。

波洛系列

1920 The Mysterious Affair at Styles《斯泰尔斯庄园奇案》

1923 Murder on the Links《高尔夫球场命案》

1924 Poirot Investigates《首相绑架案》

1926 The Murder of Roger Ackroyd《罗杰疑案》

1927 The Big Four《四魔头》

1928 The Mystery of the Blue Train《蓝色列车之谜》

1932 Peril at End House《悬崖山庄奇案》

1933 Lord Edgware Dies《人性记录》

1934 Murder on the Orient Express《东方快车谋杀案》

1935 Three—Act Tragedy《三幕悲剧》

1935 Death in the Clouds《云中命案》

1936 The ABC Murders《ABC 谋杀案》

1936 Murder in Mesopotamia《古墓之谜》

1936 Cards on the Table《底牌》

1937 Dumb Witness《沉默的证人》

1937 Death on the Nile《尼罗河上的惨案》

1937 Murder in the Mews《幽巷谋杀案》

1938 Appointment with Death《死亡约会》

1938 Hercule Poirot's Christmas《波洛圣诞探案记》

1940 Sad Cypress《H 庄园的午餐》

1940 One, Two, Buckle My Shoe《牙医谋杀案》

1941 Evil Under the Sun《阳光下的罪恶》

1943 Five Little Pigs《五只小猪》

1946 The Hollow《空幻之屋》

1947 The Labours of Hercules《赫尔克里· 波洛的丰功伟绩》

1948 Taken at the Flood《顺水推舟》

1952 Mrs. McGinty's Dead《清洁女工之死》

1953 After the Funeral《葬礼之后》

1955 Hickory Dickory Dock《山核桃大街谋杀案》

1956 Dead Man's Folly《弄假成真》

1959 Cat Among the Pigeons《鸽群中的猫》

1960 The Adventure of the Christmas Pudding《雪地上的女尸》

1963 The Clocks《怪钟疑案》

1966 Third Girl《第三个女郎》

1969 Hallowe'en Party《万圣节前夜的谋杀》

1972 Elephants Can Remember《大象的证词》

1974 Poirot's Early Stories《蒙面女人》

1975 Curtain—Poirot's Last Case《帷幕》

马普尔小姐系列

1930 The Murder at the Vicarage《寓所谜案》

1932 The Thirteen Problems《死亡草》

1942 The Body in the Library《藏书室女尸之谜》

1943 The Moving Finger《魔手》

1950 A Murder Is Announced《谋杀启事》

1952 They Do It with Mirrors《借镜杀人》

1953 A Pocket Full of Rye《黑麦奇案》

1957 4.50 from Paddington《命案目睹记》

1962 The Mirror Crack'd from Side to side《破镜谋杀案》

1964 A Caribbean Mystery《加勒比海之谜》

1965 At Bertram's Hotel《伯特伦旅馆》

1971 Nemesis《复仇女神》

1976 Sleeping Murder《沉睡谋杀案》

1979 Miss Marple's Final Cases《马普尔小姐最后的案件》

其他系列及非系列

1922 The Secret Adversary《暗藏杀机》

1924 The Man in the Brown Suit《褐衣男子》

1925 The Secret of Chimneys《烟囱别墅之谜》

1929 Partners in Crime《犯罪团伙》

1929 The Seven Dials Mystery《七面钟之谜》

1930 The Mysterious Mr. Quin《神秘的奎因先生》

1931 The Sittaford Mystery《斯塔福特疑案》

1933 The Witness for the Prosecution《控方证人》

1934 Why Didn't They Ask Evans?《悬崖上的谋杀》

1934 The Listerdale Mystery《金色的机遇》

加莎·克里斯蒂 侦探作品年表

1934 Parker Pyne Investigates《惊险的浪漫》

1939 Murder Is Easy《逆我者亡》

1939 And Then There Were None《无人生还》

1941 N or M?《桑苏西来客》

1944 Towards Zero《零点》

1945 Sparkling Cyanide《闪光的氰化物》

1945 Death Comes as the End《死亡终局》

1949 Crooked House《怪屋》

1950 Three Blind Mice and Other Stories《三只瞎老鼠》

1951 They Came to Baghdad《他们来到巴格达》

1954 Destination Unknown《地狱之旅》

1958 Ordeal by Innocence《奉命谋杀》

1961 The Pale Horse《灰马酒店》

1967 Endless Night《长夜》

1968 By the Pricking of My Thumbs《煦阳岭的疑云》

1970 Passenger to Frankfurt《天涯过客》

1973 Postern of Fate《命运之门》

1997 While the Light Lasts《灯火阑珊》

出版前言

纵观世界侦探文学一百七十余年的历史，如果说有谁已经超脱了这一类型文学的类型化束缚，恐怕我们只能想起两个名字——一个是虚构的人物歇洛克·福尔摩斯，而另一个便是真实的作家阿加莎·克里斯蒂。

阿加莎·克里斯蒂以她个人独特的魅力创造着侦探文学史上无数的传奇：她的创作生涯长达五十余年，一生撰写了八十余部侦探小说；她开创了侦探小说史上最著名的“黄金时代”；她让阅读从贵族走入家庭，渗透到每个人的生活中；她的作品被翻译成一百多种文字，畅销全球一百五十余个国家，作品销量与《圣经》《莎士比亚戏剧集》同列世界畅销书前三名；她的《罗杰疑案》《无人生还》《东方快车谋杀案》《尼罗河上的惨案》都是侦探小说史上的经典；她是侦探小说女王，因在侦探小说领域的独特贡献而被册封为爵士；她是侦探小说的符号和象征。她本身就是传奇。沏一杯红茶，配一张躺椅，在暖暖的阳光下读阿加莎的小说是一种生活方式，是惬意的享受，也是一种态度。

午夜文库成立之初就试图引进阿加莎的作品，但几次都与版权擦肩而过。随着午夜文库的专业化和影响力日益增强，阿加莎·克里斯蒂的版权继承人和哈珀柯林斯出版公司主动要求将版权独家授予新星出版社，并将阿加莎系列侦探小说并入午夜文库。这是对我们长期以来执着于侦探小说出版的褒奖，是对我们的信任与鼓励，更是一种压力和责任。

新版阿加莎·克里斯蒂作品由专业的侦探小说翻译家以最权威的英文版本为底本，全新翻译，并加入双语作品年表和阿加莎·克里斯蒂家族独家授权的照片、手稿等资料，力求全景展现“侦探女王”的风采与魅力。使读者不仅欣赏到作家的巧妙构思、离奇桥段和睿智语言，而且能体味到浓郁的英伦风情。

阿加莎作品的出版是一项系统工程，规模庞大，我们将努力使之臻于完美。或存在疏漏之处，欢迎方家指正。

新星出版社

午夜文库编辑部

Agatha Christie

Over the next few years, we plan to celebrate two very important Agatha Christie anniversaries. In 2015, it is the 125th anniversary of her birth in Torquay, South Devon, England, and in 2020 it will be 100 years after her first book, THE MYSTERIOUS AFFAIR AT STYLES, featuring her famous detective, Hercule Poirot, was published. This is therefore a very appropriate moment to publish a new edition of her works, and I am delighted that HarperCollins has chosen to work with New Star on these new editions. New Star is China's top crime publisher, and has a strong and dedicated editorial staff and a confirmed passion for Agatha Christie, making them the ideal partner. It is the right time to make these classic books available in modern translations and so to bring Agatha Christie's books anew to her many fans in China, giving them a new reason to re-read these much-loved stories, as well as introducing them to a whole new audience. How delighted Agatha Christie would have been that her stories (as she called them) are still giving so much pleasure to so many people all over the world!

I think there are two very remarkable things about Agatha Christie's stories. The first is that they are so adaptable. It doesn't really matter which language they appear in, the stories and the plots still give the same thrill, still provide the same puzzles, and the characters still have the same attraction. Readers in China will I am sure enjoy Hercule Poirot and Miss Marple just as much as we do in England, and readers in China will still be transfixed by the surprises and horrors of AND THEN THERE WERE NONE, one of the great classics of 20th century detective fiction, as we are here.

Agatha Christie

The second is that the stories give a wonderful picture of England, particularly rural England, at the time Agatha Christie lived. She wrote books from 1920 until 1970 but it is sometimes hard to tell which part of her life each book was written in. Her characters and the life they lived were very much the same. The life we all live is changing very quickly these days but "the Agatha Christie world" stays the same. Perhaps the Miss Marple stories provide the best example of this, and in some ways THE BODY IN THE LIBRARY and NEMESIS are quite similar, despite the fact that thirty years elapsed between the time they were written.

Perhaps I might end by mentioning three Agatha Christies (other than the ones mentioned above) which I think demonstrate why she is so popular, even in the twenty-first century. The first is MURDER ON THE ORIENT EXPRESS, one of the most famous with one of the most ingenious and human plots. Read this on one of your long train journeys in China! Next is A MURDER IS ANNOUNCED, a Miss Marple which was her 50th book. It has my favourite murderer in it! And last is ENDLESS NIGHT a story about evil and how it affects three young people, written at the time when I knew her best, and understood how deeply she cared and sympathised with young people and the world they lived in.

Whichever are <u>your</u> favourites I hope you enjoy these stories that New Star are introducing to you again. I think it is a great publishing event.

Mathew Prichard

Grandson of Agatha Christie

Chairman of Agatha Christie Ltd

致中国读者

（午夜文库版阿加莎·克里斯蒂作品集序）

在接下来的几年中，我们将要筹备两个非常重要的关于阿加莎·克里斯蒂的纪念日。二〇一五年是她的一百二十五岁生日——她于一八九〇年出生于英国的托基市；二〇二〇年则是她的处女作《斯泰尔斯庄园奇案》问世一百周年的日子，她笔下最著名的侦探赫尔克里·波洛就是在这本书中首次登场。因此新星出版社为中国读者们推出全新版本的克里斯蒂作品正是恰逢其时，而且我很高兴哈珀柯林斯选择了新星来出版这一全新版本。新星出版社是中国最好的侦探小说出版机构，拥有强大而且专业的编辑团队，并且对阿加莎·克里斯蒂的作品极有热情，这使得他们成为我们最理想的合作伙伴。如今正是一个良机，可以将这些经典作品重新翻译为更现代、更权威的版本，带给她的中国书迷，让大家有理由重温这些备受喜爱的故事，同时也可以将它们介绍给新的读者。如果阿加莎·克里斯蒂知道她的小故事们（她这样称呼自己的这些作品）仍然能给世界上这么多人带来如此巨大的阅读享受，该有多么高兴啊！

我认为阿加莎·克里斯蒂的作品有两个非常重要的特征。首先它们是非常易于理解的。无论以哪种语言呈现，故事和情节都同样惊险刺激，呈现给读者的谜团都同样精彩，而书中人物的魅力也丝毫不受影响。我完全可以肯定，中国的读者能够像我们英国人一样充分享受赫尔克里·波洛和马普尔小姐带来的乐趣；中国读者也会和我们一样，读到二十世纪最伟大的侦探经典作品——比如《无人生还》——的时候，被震惊和恐惧牢牢钉在原地。

第二个特征是这些故事给我们展开了一幅英格兰的精彩画卷，特别是阿加莎·克里斯蒂那个年代的英国乡村。她的作品写于上世纪二十年代至七十年代间，不过有时候很难说清楚每一本书是在她人生中的哪一段日子里写下的。她笔下的人物，以及他们的生活，多多少少都有些相似。如今，我们的生活瞬息万变，但“阿加莎·克里斯蒂的世界”依旧永恒。也许马普尔小姐的故事提供了最好的范例：《藏书室女尸之谜》与《复仇女神》看起来颇为相似，但实际上它们的创作年代竟然相差了三十年。

最后，我想提三本书，在我心目中（除了上面提过的几本之外）这几本最能说明克里斯蒂为什么能够一直受到大家的喜爱。首先是《东方快车谋杀案》，最著名，也是最机智巧妙、最有人性的一本。当你在中国乘火车长途旅行时，不妨拿出来读读吧！第二本是《谋杀启事》，一个马普尔小姐系列的故事，也是克里斯蒂的第五十本著作。这本书里的诡计是我个人最喜欢的。最后是《长夜》，一个关于邪恶如何影响三个年轻人生活的故事。这本书的写作时间正是我最了解她的时候。我能体会到她对年轻人以及他们生活的世界关心至深。

现在新星出版社重新将这些故事奉献给了读者。无论你最爱的是哪一本，我都希望你能感受到这份快乐。我相信这是出版界的一件盛事。

阿加莎·克里斯蒂外孙

阿加莎·克里斯蒂有限责任公司董事长

马修·普理查德

二〇一三年二月二十日

阿加莎·克里斯蒂侦探作品集①

斯泰尔斯庄园奇案

The Mysterious Affair at Styles

[英]阿加莎·克里斯蒂 著
郑卫明 译

新 星 出 版 社 NEW STAR PRESS

献给我的母亲

目 录

第一章　前往斯泰尔斯

轰动一时、引起大众强烈兴趣的“斯泰尔斯庄园案”已渐渐落下帷幕。尽管如此，鉴于此案臭名远播，我的朋友波洛和那家人都要求我把整个故事写出来。我们相信，这将有效地制止那些仍在流传的耸人听闻的传言。

因此，我决定简单地写一下我和此事有关的情况。

我因病从前线返乡，在一家十分压抑的康复医院里待了几个月后，获得了一个月的病假。我既没有亲戚也没有什么朋友，就在我琢磨着如何度假时，碰巧遇上了约翰·卡文迪什。这么多年我们几乎没怎么见过面，实际上，我也根本不了解他。虽然他不像是四十五岁的人，但实际上整整比我大了十五岁。小时候，我就常常待在位于埃塞克斯的斯泰尔斯庄园——他母亲的别墅里。

叙旧、寒暄过后，他邀请我去斯泰尔斯度假。

“过了这么久再次看到你，母亲一定很高兴。”他补充道。

“你母亲好吗？”我问道。

“嗯，很好。你知道她又结婚了吧？”

可能我脸上已经明显地露出了惊讶的表情。卡文迪什太太嫁给约翰的父亲时，他是个鳏夫，并且有两个儿子。印象中她是一个风姿绰约的中年女性，而现在，少说也有七十岁了。

我记得她精力充沛，做事独断专行，喜欢慈善、社交、义卖，是个慷慨的女慈善家。她是个大方的女人，名下的财产也相当可观。

这座乡间的庄园是卡文迪什先生在他们结婚后不久购买的。他原本就对妻子言听计从，去世之后，更是把这块地方以及大部分财产都留给了他妻子。毋庸置疑，这种安排对两个儿子是不公平的。不过，后母对他们非常慷慨。父亲再婚时他们还很小，所以一直把她当作亲生母亲。

弟弟劳伦斯是个优雅的青年。他已经获得了医生执照，但一早就放弃了这个职业，待在家里追逐文学梦想，尽管他在诗歌写作上一事无成。

约翰做过一段时间的律师，不过最终还是选择了更为适合自己的乡绅生活。两年前他结了婚，带着妻子住进斯泰尔斯。虽然，我精明的头脑让我怀疑他更愿意母亲多给他点补贴，好让他有个属于自己的家。不过，卡文迪什太太是个很有主意的人，希望别人都听她的命令，在这种情况下，她拥有绝对的优势，就是：财权。

约翰留意到我听说他母亲再嫁后的惊讶，勉强挤出一个苦笑。

“还是个糟透了的小瘪三！”他恶狠狠地说，“我跟你说，黑斯廷斯，我们想过快乐日子都很难。至于艾维[1]——你记得艾维吗？”

“不记得了。”

“哦，可能你离开之后她才来的。她是母亲的管家、伙伴，是个‘多面手’！这个老艾维！跟年轻漂亮不沾边儿，可大家都爱捉弄他们。”

“你想说的是？”

“哦，这家伙！不知道从哪儿来，借口是艾维的远房表兄弟什么的，虽然她好像不太愿意承认这种关系。所有人都能看出来这家伙跟我们完全不是一类人：一大把黑胡子，不管天气如何都只穿那双漆皮靴子。可母亲一见他就很喜欢，雇他当秘书——你知道吗，她可是管理着几百个社团呢！”

我点了点头。

“当然，战争已经把几百个变成几千个了，因此这家伙对她而言大有用处。三个月前，她突然宣布和阿尔弗雷德订婚了，这让我们大跌眼镜！这家伙起码比她小二十岁！就是为了钱才追求她的，多么赤裸裸！可你也知道，她习惯自作主张不听人劝，就这么下嫁给了他。”

①伊芙琳的昵称。

“你们的日子肯定都不好过。”

“该死！简直糟透了！”

事情就这样发生了，三天后，我在斯泰尔斯站下了火车。这个小车站被绿色田野和乡村小路环绕着，小得荒唐，真不知道为什么会设立这么个站。约翰·卡文迪什在站台上等着我，把我领到一辆车前。

“好歹弄到了一两滴汽油，”他说，“主要是因为我母亲的活动。”

斯泰尔斯圣玛丽小镇离这个小站大约两英里，而斯泰尔斯庄园则在一英里外的另一边。此时正值七月初，四周宁静而温暖，车窗外的埃塞克斯平原静卧在午后的阳光之下，显得如此葱绿、安宁。这一切都让人简直无法相信，就在不远之处，正进行着一场大规模的战争。我忽然觉得自己身处另外一个世界。拐入大门时，约翰说：

“恐怕你会觉得这里太安静了，黑斯廷斯。”

“老朋友，这正是我想要的。”

“哦，如果你打算过悠闲的日子，这里会很舒服。我一星期和志愿兵训练两次，然后去农田帮忙。我妻子倒是定期在农田里干活，每天早上五点起床挤牛奶，一直到午饭时间。如果不是阿尔弗雷德·英格尔索普这个家伙，生活还是非常快乐的！”

他突然刹住车，看了一眼手表：“不知道还有没有时间接辛西亚。不行了，这会儿她已经从医院出来了。”

“辛西亚！你妻子吗？”

“不，辛西亚寄住在我家，是我母亲的一个老同学的女儿。她这个同学嫁给了一个无赖律师，那家伙后来栽了大跟头，留下这个女孩贫穷度日。于是我母亲伸出了援助之手。辛西亚和我们住在一起快两年了，在离这儿七英里的塔明斯特红十字医院工作。”

说话的工夫，我们已经来到了一幢漂亮的老房子跟前。一个穿粗花呢裙子的女人正弯着腰不知在花坛上弄什么，看到我们走近，马上站直了身子。

“你好，艾维，这就是我们受了伤的英雄！黑斯廷斯先生。霍华德小姐。”

霍华德小姐热情地跟我握手，我的手腕都被她捏疼了。她那晒得黝黑的脸上有一双湛蓝的眼睛。这是个挺好看的女人，四十岁左右，嗓音低沉但极其洪亮，身材魁梧，当然脚也很大——它们被一双很厚的靴子包着。很快，我发现她是个说话简单明了的人。

“杂草疯长起来就像房子着了火，根本来不及锄掉。我要抓你们帮忙。小心点儿。”

“能成为一个有用的人我一定会很高兴。”我回答说。

“可别这么说。千万别。以后你会后悔的。”

“你真会挖苦人，艾维，”约翰笑着说，“今天在哪儿喝茶？里面还是外面？”

“外面。这么好的天气不应该待在屋子里。”

“那就走吧，今天你已经做了不少园艺活儿了。要知道，劳动者是‘雇有所值’的。去休息一下吧。”

“好，”霍华德小姐说着脱掉园艺手套，“听你的。”

她在前面给我们带路，绕过房子。茶具摆放在一棵美国梧桐浓密的树荫下。

一个人从其中一张柳条椅上站起来，朝我们走近几步。

“我的妻子。黑斯廷斯。”约翰介绍说。

我永远也不会忘记第一眼看到玛丽·卡文迪什的情景。她个子很高，在明媚的阳光下显得苗条修长，她那双褐色的眼睛中隐藏着沉睡的火焰，好像从中能看出生动的表情。那是一双引人注目的眼睛，完全不同于我以前见过的那些女人的。她有一种沉静但十分强大的力量，那优雅无比的身体传达出一种野性难驯的生命力——所有这一切都深深地刻在我的脑海中，永远也不会忘记。

她清晰地柔声说了几句表示欢迎的话，随后我在一张柳条椅上坐了下来，暗自庆幸接受了约翰的邀请。卡文迪什太太给我倒了茶，几句轻声细语更加深了我对她的第一印象。她绝对是个迷人的女人。一个懂得欣赏的听众总会让人热情高涨，我讲述了一些我在康复医院的逸闻趣事，逗得女主人很开心，我自己也扬扬自得起来。当然，约翰人不错，但聊起天来有些乏味。

就在这时，旁边一扇开着的落地窗里飘出了一个令人难忘的声音：

“喝完茶之后你给公主写信吗，阿尔弗雷德？我亲自给塔明斯特夫人写信，她第二天过来。还是我们先等一等公主回信？如果她拒绝了，那塔明斯特夫人就可以第一天过来，克罗斯比夫人第二天，最后是公爵夫人来主持校庆。”

接着是一个男人嘟嘟囔囔的声音，随之又传来英格尔索普太太回答的声音：

“没错，当然。茶会之后我们可以弄得再热闹点，亲爱的阿尔弗雷德，你想得真周到。”

落地窗又打开了一些，从里面走出一位端庄的白发老妇人，带着一股专横的气场来到草坪上，身后跟着一个男人，一脸恭顺。

英格尔索普太太热情地向我打招呼。

“啊，真高兴这么多年后我们又见面了。阿尔弗雷德，亲爱的，这是黑斯廷斯先生。这是我丈夫。”

我有点好奇地打量着“亲爱的阿尔弗雷德”，他确实显得很另类，我相信约翰真的很讨厌他的胡子。这是我见过的最长最黑的胡子。他戴一副金丝夹鼻眼镜，一脸古怪的冷漠。这让我不禁感觉到，他这种表情在舞台上也许挺正常，可在现实生活中却显得很奇怪。他把一只木头一样的手放到我手中，用低沉而油腔滑调的声音说：

“很荣幸，黑斯廷斯先生，”接着转向他妻子，“亲爱的艾米丽，我觉得这坐垫有点潮湿。”

他像做示范一样温柔而仔细地换了一个椅垫，而她则向他投以深情的微笑。一个在其他方面都很明智的女人居然会这样怪异地迷恋着这个人！

由于英格尔索普先生在场，我能感觉出每个人头顶都笼罩着一层紧张的情绪和隐蔽的敌意。尤其是霍华德小姐，更是毫不掩饰自己的这种感觉。不过，英格尔索普太太似乎并未发现有什么不对劲。她一如我记忆中那般能言善辩，经过这么多年丝毫未变。她口若悬河、滔滔不绝，说的都是她近期组织的几场义卖，偶尔会问问丈夫日期什么的。他永远是一副小心谨慎、殷勤周到的样子。第一眼看见他，我就打心里厌恶至极，而且，我认为自己的第一印象还是非常准确的。

过了一会儿，英格尔索普太太转向伊芙琳·霍华德，交代了一些信件的事情。她的丈夫则关怀备至地跟我聊了起来：

“你的固定职业是军人吗，黑斯廷斯先生？”

“不，战争之前我在劳埃德船舶协会工作。”

“战争结束后你还会回去吗？”

“也许吧。重操旧业，或者换份新工作。”

玛丽·卡文迪什靠上前来。

“你更倾向于选择什么职业？”

“呃，这得看情况。”

“没有什么不可告人的嗜好吧？”她问，“告诉我——

你被什么所吸引？每个人都会被荒唐可笑的事情所吸引。”

“你会嘲笑我的。”

她笑了。

“也许吧。”

“好吧，我一直偷偷盼望着能成为一个侦探！”

“这是实际的想法——在苏格兰场工作，还是像歇洛克·福尔摩斯那样的私家侦探？”

“哦，一定要成为歇洛克·福尔摩斯。其实，说真的，这个相当吸引我。有一次，我在比利时遇见一个人，一个著名的侦探，他深深地触动了我。他是个不可思议的小个子，经常说要想做好侦探工作，不外乎方法问题。我的理念即基于此——当然，我在此基础上做了进一步的发展。他还是个非常有趣的小个子，一个伟大的花花公子，但是聪明得出奇。”

“我也喜欢精彩的侦探小说，”霍华德小姐说，“可它们大多数是胡写一通，在最后一章揭露罪犯，让每个人都很吃惊。其实真正的犯罪总能马上被发现。”

“也有很多的犯罪行为没被发现。”我反对。

“我说的不是警方，而是当事人，家人。你瞒不了他们的，真的。他们是知道的。”

“那么，”我饶有兴致地说，“你认为，如果你被卷入一场罪行之中，比如谋杀，你能马上认出罪犯吗？”

“当然能。也许我不会向律师证明，但我相信肯定知道，如果他走近我，我连手指尖都能感觉到。”

“也许是‘她’。”我提了出来。

“也许。可谋杀是一种暴行，通常男人才这么干。”

“毒杀就不是这样，”卡文迪什太太清晰的嗓音吓了我一跳，“昨天，包斯坦医生还说，由于医学界对大多数罕见的毒药一无所知，因此很多毒杀案子都没有引起怀疑。”

“啊，玛丽，你的话真可怕！”英格尔索普太太喊道，“让人毛骨悚然。哦，辛西亚来了！”

一个身穿爱国护士会制服的年轻女孩轻盈地跑过草坪。

“哦，辛西亚，你今天来晚了。这是黑斯廷斯先生。这是默多克小姐。”

辛西亚·默多克小姐是个年轻姑娘，气色很好，充满了生机和活力。她麻利地摘下小护士帽，一头红褐色的鬈发披散下来，让我赞叹不已。她伸出一只又白又嫩的小手，接过了茶杯。如果再有乌黑的眼睛和睫毛，她绝对是个美女。

她一屁股坐在约翰旁边的草地上。我递给她一盘三明治，她朝我微笑了一下。

“坐到草地上吧，感觉好多了。”

我听话地坐了过去。

“你在塔明斯特工作，是吗，默多克小姐？”

她点点头。

“自作自受。”

“他们欺负你了吗？”我笑着问。

“我倒喜欢看看他们谁敢！”辛西亚不失体面地喊道。

“我有一个堂妹也是护士，”我说，“她很害怕那些修女似的护士长。”

“这没什么。护士长，你知道的，黑斯廷斯先生，她们就是——那样！你不知道！谢天谢地，我不是护士，我在药房工作。”

“你毒死过多少人？”我笑着问。

辛西亚也笑了。

“哦，几百个！”她说。

“辛西亚！”英格尔索普太太叫道，“你能不能帮我写几封短信？”

“当然，艾米丽阿姨。”

她马上跳起来。她的某些行为总让我想到她是寄人篱下，虽然英格尔索普太太总体上是个友好的人，但她不会让这个姑娘忘记这一点。

女主人转向我。

“约翰会带你去你的房间。七点半吃晚饭。现在，我们也不经常吃正餐了。塔明斯特夫人，我们议员的太太——她是已经去世的阿伯茨伯里勋爵的女儿——也是这样。我建议一个人要为节约树立榜样。她也赞同这一点。我们是个称职的战时家庭，一点儿也不浪费。就算是一小片废纸也要积攒起来用麻袋装走。”

我表达了我的赞赏之意，然后约翰领我进了屋子，上了宽阔的楼梯，楼梯在中间部分左右分开，通向房子的两边。我的房间在左边，向外望去就是园子了。

约翰走后没几分钟，我从窗口看到他挽着辛西亚·默多克的胳膊缓缓地走过草坪。我听到英格尔索普太太不耐烦地叫着“辛西亚”，女孩马上往房子那边跑了过去。

这时，一个男人从树荫下走了出来，也朝同一个方向慢慢走去。他四十岁上下，皮肤黝黑，脸刮得很干净，神情忧郁，似乎正处于某种激烈的情绪中。他经过我窗下时，抬头看了看，于是我认出了他——虽然距离我们上次见面已经过了十五年，而且他变化巨大。他是约翰的弟弟劳伦斯·卡文迪什。不知道为何，他脸上会有那样异常的表情。

之后，我再没想他的事，而是专注地思考自己的事情了。

晚上过得很愉快，深夜，我梦见了那个谜一般的女人，玛丽·卡文迪什。

第二天早晨，阳光灿烂，我期待着令人开心的外出。

一直到午饭时，我才见到卡文迪什太太。她提议陪我去散步，于是我们在树林里漫步，度过了一个美妙的下午，五点钟才回到家里。

我们一进门厅，约翰就点头示意我们去吸烟室。我立刻从他脸上看出一定有麻烦了。我们跟他进了房间，他在后面关上了门。

“瞧瞧，玛丽，这里一团乱。艾维和阿尔弗雷德大吵了一场，要走。”

“艾维？要走？”

约翰沮丧地点点头。

“是的，要去她妈妈那儿——哦，艾维来了。”

霍华德小姐走了进来。她冷冷地抿着双唇，拎着一个小提箱，神态激动而又坚决，还有点抵触。

“无论如何，”她忽然大喊道，“我说出了自己的想法！”

“亲爱的艾维，”卡文迪什太太说，“这不是真的。”

霍华德小姐严肃地点了点头。

“绝对是真的！我告诉了艾米丽一些事，恐怕一时之间她是不会忘记或者原谅我了。不管她有没有听进去。也许根本没用。不过，我还是说了：‘你是个老女人了，艾米丽，再没有谁比老傻瓜还傻了。那个男人比你年轻二十岁。别再骗自己了，他为什么娶你？钱！得了吧，别给他太多钱。那个农场主雷克斯有个年轻漂亮的老婆。问问你的阿尔弗雷德每天都在那儿浪费多少时间！’她气极了。当然了！我接着说：‘我这是劝告你，不管你愿不愿意听。那个男人一看到你就想把你杀死在床上。他是个坏蛋。不管你怎么说我，你得记住我跟你说的话。他是个坏蛋！’”

“她怎么说？”

霍华德小姐露出一副意味深长的表情。

“‘亲爱的阿尔弗雷德’‘最亲爱的阿尔弗雷德’‘邪恶

的诋毁’‘邪恶的谎言’‘恶毒的女人’指责她的‘亲爱的丈夫’！我还是早点离开她的房子吧。所以我马上就走。”

“不是现在吧？”

“就是现在！”

我们坐在那儿盯着她看了一会儿。最后，约翰·卡文迪什觉得他的劝说完全不起作用，便起身查火车车次去了。他的妻子也跟在后面，咕哝着英格尔索普太太最好再考虑考虑。

她一离开房间，霍华德小姐的脸色就变了。她急切地向我靠了过来。

“黑斯廷斯先生，你很正直，我能相信你吗？”

我有点吃惊。她一只手放在我的胳膊上，压低声音说：

“麻烦你照看她吧，黑斯廷斯先生，我可怜的艾米丽。他们是一群鲨鱼——他们所有的人。哦，我知道我在说什么。他们没有不缺钱的，全都想方设法从她那儿拿到钱。我已经尽我所能地保护她了。现在，我这个拦路虎不在了，他们就能为所欲为地欺骗她了。”

“当然，霍华德小姐，”我说，“我会尽力而为，不过我觉得你太激动、太多虑了。”

她缓缓地摇着食指打断了我。

“年轻人，相信我，我在这世上比你多活几年。你只要睁大眼睛看着就是了。你会明白我的意思的。”

窗外传来了汽车发动的声音，霍华德小姐站起身，朝门口走去。门外响起了约翰的声音，她一只手握着门把，转过头来冲我点点头。

“关键是，黑斯廷斯先生，盯紧那个魔鬼——她的丈夫！”

没时间再说了。霍华德小姐已经被一片挽留声和告别声吞没了。英格尔索普夫妇没有出现。

汽车刚走，卡文迪什太太突然走出人群，穿过车道，朝一个高个子的蓄着胡须的男人走去。显然，那男人也正向房子这边走来。她伸出手，双颊泛起了两团玫瑰红。

“他是谁？”我尖锐地问，出于对此人本能的怀疑。

“是包斯坦医生。”约翰简单地说道。

“包斯坦医生是谁？”

“他曾经得过严重的神经衰弱，正在这个村子里静养。他是伦敦的一位专家，一个非常聪明的人。我认为，他是现如今最伟大的毒药专家之一。”

“他还是玛丽很好的朋友。”辛西亚忍不住插嘴说。

约翰·卡文迪什皱了皱眉头，换了个话题。

“散散步吧，黑斯廷斯。这事儿真烦。她说话总是这么粗鲁，可是在全英国，伊芙琳·霍华德是最忠诚的朋友。”

他带我走过种植园中间的小路，穿过庄园旁边的树林，向村子慢慢走去。

在回家的路上，我们又一次穿过一扇大门时，对面走来一个漂亮的吉卜赛风格的年轻女郎，冲我们点点头，笑了笑。

“真是个漂亮姑娘。”我赞赏地说。

约翰的脸色僵住了。

“这是雷克斯太太。”

“就是霍华德小姐说的那个——”

“没错。”约翰说，语气没来由地粗鲁起来。

我想起了大房子里的那位白发苍苍的老妇人，再对比刚才对我们微笑的那张漂亮顽皮的小脸蛋，一股模糊的寒意向我袭来。我把它甩到一边。

“斯泰尔斯真是一座壮丽的古老庄园。”我对约翰说。

约翰阴郁地点点头。

“是啊，是一笔巨大的财富。总有一天它会为我所有——如果我父亲留下一份像样的遗嘱，在法律上它就是我的了。而且我也不会像现在这么缺钱。”

“缺钱？你？”

“亲爱的黑斯廷斯，我真不想说我为了钱已经黔驴技穷了。”

“你弟弟不能帮帮你吗？”

“劳伦斯？他的每一分钱都花在他那包装花哨的烂诗上了。不，我们都是穷鬼。我得说，母亲待我们还是非常好的。就是说，迄今为止。当然，自从她结了婚——”他突然打住了，皱起了眉头。

我第一次感到，这周围的某些难以言说的东西，随着伊芙琳·霍华德一起消失了。她在这里，安全也就在这里。可现在，安全已经飘走了——空气中似乎充满了猜忌。包斯坦医生那张险恶的脸又令人讨厌地浮现在我眼前。我脑海中模模糊糊地充斥着对每个人每件事的不确定怀疑。此时此刻，我有种不祥的预感。

第二章　七月十六至十七日

我到达斯泰尔斯那天是七月五日，下面我要说的是十六日和十七日发生的事。为了使读者阅读方便，我尽量扼要而准确地叙述一下。后来，经过一系列漫长而乏味的询问，这些事情才被弄清楚。

伊芙琳·霍华德离开两天之后，我收到了她的一封来信，信上说她已经在米德林厄姆的一家大医院找到一份护士的工作，这座工业小镇离这儿大概十五英里。她请求我，如果英格尔索普太太有和好的意思，一定要告诉她。

我生活得很平静，唯一美中不足的是，卡文迪什太太对包斯坦医生那种非同寻常的偏爱。对我而言，这真是莫名其妙。我无法想象她看上这个男人哪一点了，可她总邀请他上门，或是和他一起长时间外出旅行。我得承认自己确实看不出他有何魅力。

七月十六日是星期一，混乱的一天。上个星期六，村里举行了一场盛大的义卖，这天晚上要承接上次义卖举行一次招待会，英格尔索普太太将在晚会上朗诵一首战争诗歌。一上午，我们都在忙着整理和布置村子里举办晚会的礼堂，很晚才吃午饭，下午就在花园里休息。我发现约翰跟平时不太一样，显得十分焦躁不安。

喝完下午茶，英格尔索普太太躺在床上休息，晚上她可有的忙呢，我则向玛丽·卡文迪什挑战网球单打比赛。

大概差一刻七点时，英格尔索普太太催促我们快一点，因为晚饭会提前。我们只好抓紧时间准备。晚饭还没结束，汽车就已经等在门外了。

晚会非常成功，英格尔索普太太的朗诵赢得了热烈的掌声。还有一些舞台表演，辛西亚也在其中扮演了一个角色。晚会之后，她受邀去参加一个晚餐派对，因此没有和我们一起回家，而是和那些一起表演舞台剧的朋友住了一夜。

第二天早上，英格尔索普太太在床上吃了早饭，她累过头了。可十二点半的时候，她又神采奕奕地出现了，非要带着劳伦斯和我去参加午餐派对。

“这可是罗尔斯顿太太极力邀请的，她是塔明斯特夫人的妹妹。当年罗尔斯顿家和征服者[①]一起来到这儿，是我们最古老的家族之一。”

玛丽说已经约了包斯坦先生，所以很抱歉不能一起去。

午饭吃得很愉快。我们驾车离开时，劳伦斯建议从塔明斯特开回家，那儿离公路只有一英里，还可以顺便去药

①征服者，即指一〇六六年征服英国的英国国王威廉一世。

房看看辛西亚。英格尔索普太太回答说这个主意很不错，不过她还要写几封信，所以打算把我们留在那儿她自己先走，我们可以和辛西亚搭乘马车回家。

医院的门房怀疑我们的身份，一直不允许我们进去，直到辛西亚出来担保才放行。穿着白色工作服的她看起来清爽而温柔。她把我们带到办公室，介绍给她的药剂师同事，那是一个让人有点望而生畏的家伙。辛西亚开心地叫他“尼布斯”。

“这么多瓶子啊！”在小房间里环顾四周，我不禁喊道，“你真的都知道瓶子里装了什么吗？”

“真新鲜，”辛西亚哼了一声，“每个来这儿的人都这么说。我们都想给第一个不说‘这么多瓶子’的人颁发奖金了。我还知道，你下一句话会说：‘你毒死过多少人？’”

我充满歉意地笑了笑。

“要是人们知道错手毒死一个人是多么轻而易举，就不会拿这个开玩笑了。算了，我们喝茶吧。那个橱柜里的所有秘密我们都一清二楚。不，劳伦斯——那是毒药橱柜，那个大柜子——没错。”

我们开开心心地喝完茶，还帮着辛西亚清洗茶具。把最后一只茶匙放好时，响起了一阵敲门声。

辛西亚和尼布斯忽然脸色一变，表情严峻。

“进来。”辛西亚说，语气十分职业化。

一个慌里慌张的年轻护士出现在门口，手里拿着一只

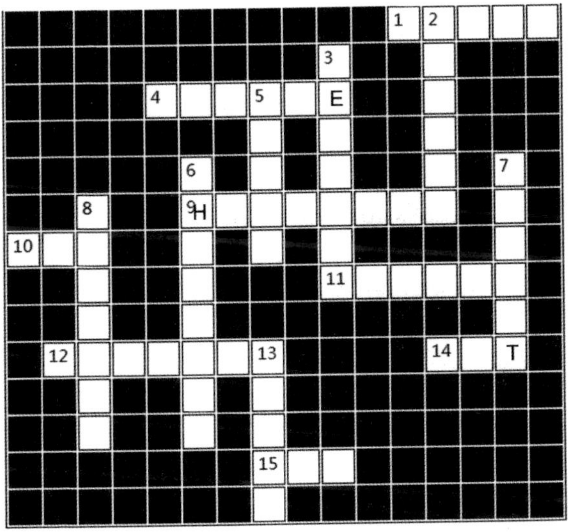

Across

1. 斯泰尔斯庄园位于英国哪个郡？
4. 书中人物最初以为受害者喝了什么中毒的？
9. 这部小说的讲述者是谁？
10. 本书 1920 年在美国出版时定价多少美元？
11. 本书作者扉页向谁致敬？
12. 这本书是此侦探的第一案，他的最后一案是？
14. 克里斯蒂写这本书的缘由是？
15. 这本书是企鹅出版社成立后出版的第几本书？

Down

2. 克里斯蒂将她和第一任丈夫阿奇的住所命名为？
3. 书中侦探的国籍是？
5. 本书背景设定在第几次世界大战？
6. 小说中辛西亚在什么地方工作？
7. 本书登场的侦探名字？
8. 克里斯蒂写作这部小说时在哪里工作？
13. 克里斯蒂写作这部小说时做什么工作？

（答案及详解将由“新星出版社”公众号公布）

POI
SON

瓶子。她把瓶子递给尼布斯，而他则示意交给辛西亚，还说了句让人摸不着头脑的话：

“今天我不是真的在这儿。”

辛西亚接过瓶子，像法官那样严肃地检查着。

“这应该是今天上午来拿的。”

“护士长说很抱歉。她忘了。”

“护士长应该来读一下门外的规定。”

从小护士的表情可以看出，她可没有这个胆量把这句话带给那位可怕的护士长。

“所以明天才能领。”

“那今天晚上能给我们吗？”

“好吧，”辛西亚和蔼地说，“我们很忙，不过，如果有时间我们就会装好。”

小护士走了，辛西亚敏捷地从架子上取下一个大罐子，把那只瓶子装满，然后放到了门外的桌子上。

我笑了。

“必须按照规定？”

“没错，去我们的小阳台吧，在那儿能看到所有的病房。”

我跟着辛西亚和她的朋友走过去，他们指给我各种不同的病房。劳伦斯则留在房间里。过了一会儿，辛西亚扭过头叫他过来。接着，她看了看手表。

“没什么事了吧，尼布斯？”

“没了。”

“好，那我们锁门走了。”

那天下午，我对劳伦斯的看法有了很大的改观。和约翰比起来，他的性格让人捉摸不透。他和他哥哥几乎没有一点相似之处，他胆小，沉默寡言，不过，行为举止还算讨人喜欢，所以，我想，如果有人能真正地了解他，一定会很喜欢他。我原本以为他面对辛西亚时很不自然，而她对他也有点害羞，可是那天下午他们两人都很开心，聊起天来就像两个孩子。

乘马车穿过村子时，我记起要买几张邮票，于是我们在邮局门口停了下来。

我走出邮局时，和一个正要进来的小个子男人撞在了一起。我赶紧闪开并道歉，就在这时，他大叫一声，抱住了我，热烈地亲吻我。

“亲爱的黑斯廷斯！”他大喊，“真的是亲爱的黑斯廷斯！”

“波洛！”我也喊了起来。

我回到马车那里。

“我很高兴见到了老朋友，辛西亚小姐。这位就是我的老朋友波洛先生，我好多年没见他了。”

“哦，我认识波洛先生，”辛西亚快活地说，“可我没想到他也是你的朋友。”

“没错，真的，”波洛一本正经地说，“我认识辛西亚小姐，我能到这儿来全靠善良的英格尔索普太太。”看到我好奇地看着他，他又说：“是的，我的朋友，她友好而殷勤地接待了我们这七个从祖国逃亡的乡巴佬儿。我们比利时人永远感激她。”

波洛是个外表非凡的小个子男人，身高只有五英尺四英寸，但举止稳重庄严。他脑袋的形状像个鸡蛋，而且他还喜欢把头稍稍偏向一侧。他的胡子硬邦邦的，像军人的胡子。他的着装整洁得惊人，我深信，一粒灰尘落在他身上，简直比让他吃颗枪子儿还难受。这个时髦的小个子如今步履蹒跚，这让我很难过，可他原来是比利时警方最著名的成员之一，作为一个侦探，他极具天赋，成功地侦破了一些当时最难的案件。

他给我指了指他和比利时同胞居住的小屋，我答应近期内去看他。之后，他向辛西亚夸张地挥了挥帽子，然后我们就离开了。

“他真是个可爱的小男人，”辛西亚说，“没想到你也认识他。”

“你们无意中款待了一位知名人士。”我回答道。

在回家的路上，我向他们讲述了赫尔克里·波洛的种种战绩和成就。

我们带着欢乐的心情回到家里。走进门厅的时候，英格尔索普太太从她的“内室”中走出来。她看上去面红耳赤的，心情似乎烦乱不已。

“哦，是你们。”她说。

“出什么事了吗，艾米丽阿姨？”辛西亚问。

“当然没有，”英格尔索普太太严厉地说，“会有什么事？”看到女佣多卡丝走进餐厅，便吩咐她拿些邮票到她房间。

“是，太太。”老女佣迟疑了一下，小心地补充道，“太太，您是不是需要去床上休息一下？您的样子很疲惫。”

“也许你是对的，多卡丝——是的——不——现在不行。我得在邮局关门之前写好这几封信。你按我说的在房间生火了没有？”

“是的，太太。”

“那我晚饭后直接去休息。”

她又走进自己的房间，辛西亚凝视着她的背影。

“天哪，究竟怎么了？”她对劳伦斯说。

可他似乎没听见，一言未发地转身走了出去。

我建议吃晚饭之前打一场快球赛，辛西亚答应了，于是我跑上楼去拿我的球拍。

卡文迪什太太正好下了楼梯。也许是我的错觉，可她的确显得有点古怪、不安。

“和包斯坦医生散步了吗？”我问，尽量装得若无其事。

“没去，”她仓促地回答道，“英格尔索普太太在哪儿？”

“在内室里。”

她的一只手紧紧地握着楼梯扶手，像是鼓起勇气似的，急急地从我身边走过，下楼穿过大厅，朝内室走去，在身后关上了房门。

几分钟后，我跑向网球场。途中，我从内室敞开的窗户下经过，无意间听到了下面这些对话片段。玛丽·卡文迪什的声音极其克制：

“就是说你不给我看了？”

英格尔索普太太回答道：

“亲爱的玛丽，这完全无关紧要。”

“那就给我看。”

“我跟你说过不是你想的那样。这跟你没有任何关系。”

玛丽·卡文迪什的声音更痛苦了：

“当然，我早该知道你会偏袒他。”

辛西亚正在等着我，热切地迎过来说：

“瞧，已经大吵一架啦！多卡丝都告诉我了。”

“谁吵架？”

“艾米丽阿姨和他。我真希望她能看清楚这个人！”

“多卡丝当时在那儿吗？”

“当然不在。她‘只是碰巧经过房门’。这下算是撕破脸了。咱们要是能知道全部情况就好了。”

我想到了雷克斯太太那张吉卜赛人的脸，还有伊芙琳·霍华德的警告，但我决定明智地保持沉默，而辛西亚则挖空心思地假设了每一种情况，兴致勃勃地希望“艾米丽阿姨会把他赶出家门，再也不跟他讲话”。

我急着想见约翰，可哪儿都找不到他，显然那天下午发生了严重的事情。我努力想忘记自己无意中偷听到的话，可它们总是回荡在我脑中。玛丽·卡文迪什关心的是什么事？

我下楼吃晚饭时，英格尔索普先生正坐在客厅里。他一如平常那样面无表情，我再次感到了这个人的怪异。

最晚下楼的是英格尔索普太太，看起来仍然很是不安。席间，大家都不自然地沉默着，英格尔索普尤其平静，和平常一样，他不时向妻子献一献殷勤，在她背后放个靠垫，完全一副忠实丈夫的样子。吃完饭，英格尔索普太太又迅速回自己房间了。

“拿我的咖啡来，玛丽，”她喊道，“还有五分钟邮差就下班了。”

我和辛西亚走到客厅敞开的窗户前，坐了下来。玛丽·卡文迪什给我们端来了咖啡，显得很激动。

“你们年轻人喜欢灯光亮一点还是昏暗一点？”她问，“辛西亚，你能把英格尔索普太太的咖啡给她送过去吗？我倒好了。”

“别麻烦了，玛丽，”英格尔索普说，“我给艾米丽送去。”他倒了一杯，小心翼翼地端着走出房间。

劳伦斯跟在后面，卡文迪什太太则在我们旁边坐了下来。

我们三人默默地坐了一会儿。这是个美好的夜晚，天气很热，周围很安静。卡文迪什太太拿着一把粽叶扇轻轻地扇着。

“太热了，”她咕哝着，“可能会有一场雷阵雨。”

唉，愉快的时光总是过得如此之快！眼前的美景忽然被门厅传来的一阵熟悉的声音粗暴地破坏了。

“包斯坦医生！”辛西亚大喊一声，“你怎么这个时候来了！”

我妒忌地扫了玛丽·卡文迪什一眼，可她镇定自若，嫩白的双颊看不出任何变化。

没多久，阿尔弗雷德·英格尔索普领着医生进了屋。后者大声笑着，声称他这种情形不适合去客厅。事实上，他确实处境尴尬，身上沾满了泥浆。

“你这是怎么了，医生？”玛丽·卡文迪什大声问。

“我很抱歉，”医生说，“我真的没想要进来，可英格尔索普先生坚持让我来。”

“哦，包斯坦，你有麻烦了。”约翰说着从门厅慢慢走进来，“喝点咖啡，告诉我们你到底怎么了。”

“谢谢，我正打算说。”他苦笑了一下，开始向我们讲述尴尬的经历：他在一个难以抵达的地方发现了一种罕见的蕨类植物，而他想方设法采摘的时候竟然失足掉进了旁边的一口池塘里，真是太丢人了。

“衣服很快就被太阳烤干了，”他接着说，“可我觉得我的脸全都丢尽了。”

就在这时，英格尔索普太太在大厅里叫辛西亚。于是，她赶紧跑了出去。

“把我的文件箱拿过来好吗，亲爱的？我要睡觉了。”

通向大厅的是一扇很大的门。辛西亚拿箱子的时候，我已经站了起来，而约翰就在我旁边。因此，有三个证人可以证明，当时英格尔索普手里正端着咖啡，还没有喝。

这个傍晚，被包斯坦医生的出现完全而彻底地破坏了。在我看来，这家伙好像不打算走了。好在他终于站起身。我大大地松了一口气。

“我陪你走回村子吧，”英格尔索普先生说，“我得去看看我们的房地产代理人，”他转过身对约翰说，“不用等我了，我会带着大门钥匙。”

第三章　悲惨的夜晚

为了让我即将讲述的这部分故事更加清楚，下面附上一张斯泰尔斯庄园二楼的平面图（图一）。

从用人房出来要经过 B 门，而且和英格尔索普夫妇房间所在的右侧并不相通。

大约是在半夜，我被劳伦斯 · 卡文迪什吵醒了。他拿着一支蜡烛，他脸上激动的表情告诉我，一定发生了什么严重的事情。

“出什么事了？”我问，迷迷糊糊地从床上坐起来，努力让自己清醒起来。

“我母亲病得很严重，好像是某种昏厥症发作了，更糟的是她还把自己锁在屋里了。”

“我马上就来。”

我跳下床，穿上晨衣，跟着劳伦斯从过道和走廊来到房子的右侧。

约翰 · 卡文迪什也过来了，还有一两个用人诚惶诚恐地站在一旁。劳伦斯转向他哥哥：

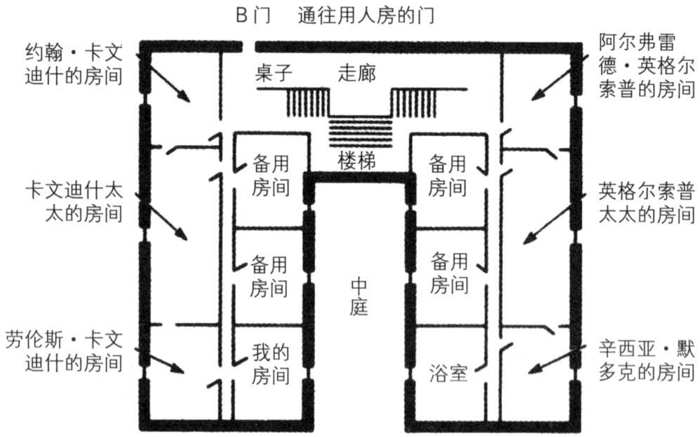
B门　通往用人房的门
约翰·卡文
迪什的房间
桌子
走廊
阿尔弗雷
德·英格尔
索普的房间
备用
房间
楼梯
备用
房间
卡文迪什太
太的房间
英格尔索普
太太的房间
备用
房间
中
庭
备用
房间
劳伦斯·卡文
迪什的房间
我的
房间
浴室
辛西亚·默
多克的房间

图一

“你说我们该怎么办？”

在我看来，他那优柔寡断的个性从未像现在这般明显。

约翰剧烈地晃着门把手，弄得咯吱作响，可是根本不起作用。显然，是从里面锁上或者闩住了。全家人都被吵醒了。房间里面传出一阵极其惊慌的声音，一定是有事发生了。

“从英格尔索普先生的房间里试试看能不能打开，先生，”多卡丝大声嚷道，“哦，我可怜的女主人！”

忽然，我意识到阿尔弗雷德·英格尔索普并不在这儿——只有他连个影子也没有。约翰打开了他的房门，里面黑漆漆的，不过劳伦斯带着蜡烛跟了进来。借着微弱的烛光，我们看到他的床并没有睡过的痕迹，屋里也不像有人待过。

我们直接朝连接门走去，不过也被锁上或闩上了。该怎么办？

“哦，我的天哪，先生！”多卡丝喊了起来，绞着双手，“我们该怎么办？”

“看来我们必须破门而入了，虽然这么做很粗暴。哦，找个女佣下楼叫醒贝利，让他立刻去请威尔金斯医生。现在，我们试试把门弄开。等等，辛西亚小姐的房间里不是有扇门吗？”

“是的，先生，可是那扇门一直是闩住的，从没打开过。”

“那我们先去看看。”

他迅速从走廊跑向辛西亚的房间。玛丽·卡文迪什正在那儿晃着这位可怜的姑娘，想弄醒她——这姑娘睡得可真沉。

没过多久，他回来了。

“糟糕，那扇门也闩住了。我们还是撬门吧。我觉得这扇门比走廊那扇要松一些。”

我们一起用力地撞门。门框非常坚固，我们奋力撞了很久，在猛烈的撞击之下，随着一声巨响，门终于开了。

我们一起跌了进去，劳伦斯仍然举着蜡烛。英格尔索普太太躺在床上，全身因为剧烈的抽搐而颤抖着，把身边的桌子也撞翻了。然而，我们一进去，她的四肢就瘫软下来，倒在枕头上。

约翰大步走进去，点亮了汽灯。他转向其中一个女佣安妮，让她马上下楼去餐厅拿白兰地过来。随后他朝母亲走过去，而我则打开了通向走廊的那扇门。

我转向劳伦斯，本来想说这里没什么需要我帮忙的了，我还是离开的好。可是话到嘴边又咽回去了。我从未见过如此可怕的表情。他脸色就像白粉笔，双手不住地哆嗦着，手中蜡烛的蜡油都溅到了地毯上。由于受到惊吓，或者类似情绪的影响，他的目光越过我的头顶，一动不动地凝视着远处墙上的某一点，好像看到了什么让他呆若木鸡的东西。我本能地顺着他的视线看过去，可没发现有何不寻常。灰烬仍在壁炉里闪着微弱的光，而壁炉台上成排的整洁的饰品，肯定是安全无害的。

英格尔索普太太的情况似乎不那么严重了，能短促地喘着粗气说话了。

“现在好些了——太突然了——我真傻——把自己锁在里面。”

一道影子投在床上，我抬起头，看到玛丽·卡文迪什正搂着辛西亚站在门口。她好像在使劲搀扶着这个迷茫的女孩。此刻，女孩儿满脸通红，不停地打哈欠。

“可怜的辛西亚吓坏了。”卡文迪什太太低声而清晰地说。我发现她穿着白色的农场工作服。那么，时间应该比我想象中的晚一些。我看到窗帘中渗透进来一道模糊的晨光，壁炉上的时钟指针快指向五点了。

床上发出的一声快要窒息的大叫吓了我一跳。疼痛再次向这个不幸的老妇人袭来。她剧烈地抽搐着，那情形看起来很吓人。一切都很混乱。我们围在她旁边，既帮不上忙，也无法减轻她的痛苦。她抽搐着从床上抬起身，头和脚顶在床上，身体奇怪地弯成一个拱形。玛丽和约翰徒然地给她灌了很多白兰地。没过多久，她的身体又变成了那种姿势。

就在这时候，包斯坦医生很权威地从人群中挤了过来，走进房间。忽然，他定定地站住了，盯着床上摆成那个姿势的身体；与此同时，英格尔索普太太的视线停在医生身上，哽咽着大叫：

“阿尔弗雷德——阿尔弗雷德——”接着向后倒在枕头上，一动不动了。

医生一步跨到床前，抓住她的胳膊用力摆弄着，实施所谓人工呼吸。他简洁而严厉地向仆人下了几个命令，专横地挥着手赶我们去门口。我们呆呆地看着他，我觉得大家心里都清楚已经太迟了，做什么都无济于事了。他的表情告诉我，他也觉得希望渺茫。

最终，他放弃了急救，严肃地摇摇头。就在这时，门外响起了脚步声，英格尔索普太太的私人医生威尔金斯——那个肥胖的、婆婆妈妈的小个子——匆匆忙忙走进来。

包斯坦医生简单解释了几句，说是汽车开出去的时候他正好经过庄园大门，因此他马上跑到这里，并让汽车继续去接威尔金斯医生。他无能为力地指着床上那个人说：

“太……令人悲痛了，太……令人悲痛了。”威尔金斯医生嘟囔着说，“可怜的太太，总是做那么多工作。太多太多了……不听我的劝告。我警告过她，她的心脏没那么强壮。‘慢慢来，’我跟她说，‘慢慢来。’可是没用，她对她的工作永远都是热情高涨。固执己见。固——执——己——见。”

我注意到包斯坦医生正在仔细打量这个本地的医生，在他说话的时候，包斯坦医生的视线也没有离开过。

“这种痉挛不是一般的厉害，威尔金斯医生。很遗憾，你没能及时赶过来看看。是强直性痉挛的特征。”

“啊！”威尔金斯医生聪明地回应了一声。

“我想和你私下谈谈，”包斯坦医生说，接着转向约翰，“你没意见吧？”

“当然可以。”

大家都来到走廊上，只留下两个医生在那儿。我听见房门在我们身后锁上了。

大家慢慢地下了楼。我异常激动。由于具备一种推理的才能，因此包斯坦医生的举止在我的脑海中引发了一连串漫无边际的猜想。玛丽·卡文迪什的一只手搭在了我的手臂上。

“怎么了？为什么包斯坦医生显得这么——奇怪？”

我看着她。

“你知道我在想什么吗？”

“什么？”

“听着！”我看看四周，确保其他人听不见我们说话。我压低声音，悄悄地说，“我认为她是被毒死的！我确定包斯坦医生也怀疑此事。”

“什么？”她畏缩地靠在墙上，瞳孔都不由得放大了。接着，她猛地大叫一声，吓了我一跳，“不，不——不是这样的——不是这样的！”她推开我，飞也似的跑上楼。我紧随其后，生怕她会晕倒。只见她倚在楼梯扶手上，面无血色，朝我不耐烦地挥了挥手。

“不不——别过来。我想一个人待着。让我安静一会儿。下楼去找别人吧。”

我不情愿地照做了。约翰和劳伦斯在餐厅里，我走进去。大家默然无语。我开口打破了沉默，说出了大家心里的想法。

“英格尔索普先生在哪儿？”

约翰摇摇头。

“他不在家。”

目光对视。阿尔弗雷德·英格尔索普在哪儿？他的不在场奇怪而令人费解。我想起了英格尔索普太太临终时的话。她没说出口的话是什么？如果她还有时间，她想告诉我们什么？

终于，我们听见两个医生下了楼。威尔金斯医生的表情凝重而激动，但他努力掩饰内心的波澜，得体地保持着镇定的举止。包斯坦医生跟在后面，那张沉重的、长胡子的脸倒是没什么变化。威尔金斯医生代表两人对约翰说话了：

“卡文迪什先生，我希望你同意我们进行尸体解剖。”

“有这个必要吗？”约翰严肃地问道，脸上掠过一阵抽搐的痛苦。

“绝对必要。”包斯坦医生说。

“你们是说——”

“因为在这种情况下，威尔金斯医生和我都不能开具死亡证明。”

约翰让步了。

“既然这样，我只能同意了。”

“谢谢，”威尔金斯医生轻松地说，“我们建议在明天晚上——或今天晚上。”他看了一眼清晨的阳光，“在这种情形下，恐怕必须要进行一场聆讯了——这些手续是必要的，只是请你别太难过。”

包斯坦医生顿了顿，从口袋里掏出两把钥匙，交给了约翰。

“这是那两个房间的钥匙。我已经锁上房门了。我认为目前还是暂时锁上吧。”

接着，两个医生便离开了。

我脑子里萦绕着一个念头，我觉得这会儿可以提出来，可又有点担心。我知道，约翰害怕事情传扬出去，而且他是个随和的乐观主义者，一向讨厌半路出岔子。也许很难说服他相信我那周全的计划。不过，劳伦斯没那么传统，想象力十分丰富，我觉得我可以把他当成盟友。毫无疑问，现在，我得开始行动了。

“约翰，”我说，“我想问你点事儿。”

“什么？”

“你还记得我跟你说过我的朋友波洛吧？这个比利时人就在这儿。他是一位非常有名的侦探。”

“是的。”

“我希望你能同意我现在去找他来——来调查这件事。”

“什么——现在？在验尸以前？”

“是的，如果——如果这里有人要什么把戏，那时间就是个优势。”

“胡说！”劳伦斯生气地喊道，“依我看，整件事都是包斯坦玩的把戏！威尔金斯就没这种想法，都是包斯坦灌输给他的。可就跟所有的专家一样，包斯坦也是神经兮兮地入了迷，毒药是他的嗜好，所以他觉得处处都是毒药。”

劳伦斯的这种态度让我很吃惊。他的情绪很少这么激动。

约翰迟疑着。

“我跟你想的不一样，劳伦斯，”他终于说话了，“我倾向于让黑斯廷斯处理这件事，不过我打算再等等，我不想因此招致不必要的谣言。”

“不，不，”我急切地大声说，“你不用担心这个。波洛很谨慎。”

“很好，那你就去吧。我把这件事托付给你了。不过，要是真像我们怀疑的那样，这件案子似乎就清楚明了了。请上帝宽恕我，如果我冤枉了他！”

我看看手表。六点钟。事不宜迟。

不过，我仍然允许自己耽搁了五分钟——我在书房仔细搜寻，终于找到一本关于士的宁[①] 中毒的书。

---

①又名番木鳖碱，是从马钱子中提取的一种生物碱。呈无色结晶状或白色粉末状，有剧毒，微量可做兴奋剂。

第四章　波洛的调查

比利时人在村子里的房子离庄园大门很近，一片长草坪横穿蜿蜒的车道，从那里抄狭窄的小路过去可以节省很多时间。于是我就走了这条路。快到看守小屋时，迎面跑来的一个男人的身影引起了我的注意。是英格尔索普先生。他去哪里了？他准备怎么解释他的不在场？

他急切地冲我打招呼。

“天哪！太可怕了！我可怜的妻子！我刚刚听说。”

“你去哪儿了？”我问。

“登比昨晚留我到很晚，我们聊到一点钟。那时候我发现还是忘记带钥匙了。我不想吵醒家里的人，所以在登比家过夜了。”

“你怎么知道这个消息的？”我问。

“威尔金斯去登比家告诉我的。我可怜的艾米丽！她这么克己待人——品格如此高尚。她过于劳累了。”

我心里涌起一股反感。真是个演技精湛的伪君子！

“我得赶紧走了。”我说，幸好他没问我要去哪儿。

几分钟后，我敲了敲小屋子的门。

没人应门，我烦躁地一直敲着，头上的一扇窗户小心翼翼地打开了，波洛探出了头。

看到我，他惊呼一声。我简单地向他讲述了发生的惨剧，希望他能帮忙。

“别着急，朋友，进来吧。我穿衣服的时候，你重新给我讲一遍。”

过了一会儿，他打开门，领我走进他的房间。他搬来一把椅子，我毫无保留地讲了整件事情，没有漏掉任何场景，哪怕是琐碎的细节。这期间他一直仔细从容地穿戴着。

我告诉他自己被叫醒，英格尔索普太太临终的话，她丈夫的不在场，前一天的争吵，我无意中听到的玛丽和她婆婆之间的谈话片段，更早以前的英格尔索普太太和伊芙琳·霍华德的争吵以及后者的暗示。诸如此类。

我恐怕没能讲得非常清晰，有几次重复了，偶尔还得倒回去补充漏掉的细节。波洛亲切地冲我笑笑。

“脑子糊涂了吗？不是这样的？别着急，我的朋友，你讲得太急了。你心神不定，太激动了，这样就不自然了。等你平静一点时，我们把事实清楚地梳理一遍，让它更条理化。我们去伪存真，把重要的放在一边，不重要的——噗！”他鼓起那张小天使般的圆脸，滑稽地喷了一口气，“吹走！”

“那自然很好，”我反驳道，“可你怎么区分哪些是重要的，哪些不是？对我而言，这始终很困难。”

波洛用力摇了摇头，万分仔细地打理着他的小胡子。

“不是这样的。得啦！事实环环相扣，我们才得以继续下去。下一个事实和这相符吗？很好！我们可以继续了。再下一个事实，不行！这就奇怪了。肯定是漏了什么——链条上少了一个环节。我们检查，我们研究。那件奇怪的小事，那个可能被忽视了的细节，我们就放在这里！”他比画了一个很夸张的手势，“这很重要！非常惊人！”

“好……吧。”

“啊！”波洛朝我猛晃食指，我在他面前畏缩起来，“注意！一个侦探如果这么说就危险了：‘小事一桩，无所谓，行不通，忽略不计了。’这样就全乱了。每件事都重要。”

“我知道。你一直这么跟我说。因此不管跟我有没有关系，我仍然掌握了这件事的全部细节。”

“我为你高兴。你的记忆力很好。你已经如实地向我讲述了所有事实。关于你描述的顺序，我无话可说——真令人遗憾！但是我能体谅——你很烦乱。原因在于你漏掉了一个最重要的事实。”

“什么事实？”我问。

“你没有告诉我昨晚英格尔索普太太吃得如何。”

我瞪着他。一定是战争影响了这个小个子的脑袋。他把外套精心地刷了好几遍之后才穿上，好像把全部精力都放在这件事上了。

“我记不起来了，”我说，“而且，无论如何我都不明白——”

“你不明白？这可是最重要的。”

“我搞不懂为什么，”我非常恼怒地说，“我只记得她没怎么吃。显然她很心烦，因此影响了食欲。那是自然的。”

“对，”波洛深思着说，“那是自然的。”

他拉开抽屉，拿出一个小小的文件箱，然后转向我。

“我准备好了。我们去庄园吧，现场研究情况。别见怪，我的朋友，你衣服穿得太仓促了，领带都歪了。让我帮你整理一下。”他灵活地重新帮我打好了领带。

“行了！出发吧。”

我们匆匆来到村子里，进了庄园的大门。波洛停了一会儿，面带悲伤地凝视着庄园美丽而广袤的景色，晨露依然闪烁着光芒。

“如此美丽，如此美丽，然而这可怜的一家人却跌入了痛苦的深渊，沉浸在悲伤之中。”

说这话时，他敏锐地看着我。在他长时间的注视之下，我觉得自己脸红了。

这家人家被悲伤打垮了吗？英格尔索普太太的死亡所带来的痛苦是如此巨大吗？我没有从周围的空气中感受到

这些情绪。死去的女人没有得到人们的爱戴。她的死亡是一种震惊和不幸，但人们不会为此而感到深切的惋惜。

波洛好像看出了我的想法。他严肃地点点头。

“没错，你想得对，”他说，“他们好像没有血缘关系。她对卡文迪什一家很善良、很慷慨，可她不是他们的亲生母亲。血缘能说明问题，切记，血缘能说明问题。”

“波洛，”我说，“我希望你能告诉我，为什么你想知道英格尔索普太太昨晚胃口如何？我翻来覆去地想着这个问题，可还是不明白这跟这件事有什么关系。”

他沉默了一小会儿。我们继续走，最后，他说话了：

“不瞒你说——虽然，你也知道，我不习惯在事情了结之前就加以解释。现在的情况是，英格尔索普太太很有可能死于她咖啡里的士的宁。”

“真的吗？”

“那么，咖啡是什么时间送来的？”

“八点左右。”

“那么，她是在八点到八点半这段时间里喝的——一定不会太晚。唔，士的宁是一种快速起效的毒药，很快就会毒发，可能一个小时之内。不过，英格尔索普太太的情况是，症状直到第二天早上五点才显现出来：九个小时！不过如果吃得很多，并在同一时间吃了毒药，可能会延缓毒性发作，可很难拖到那个时候。当然仍要考虑到这种可能性。但是，照你所说，她晚饭吃得很少，然而症状直到第二天早上才发作！这真是令人费解，我的朋友。尸体解剖可能会发现一些情况。到那时你要记住这一点。”

快到房子的时候，约翰走出来迎接我们，脸色疲倦而憔悴。

“这是一件可怕的事，波洛先生。”他说，“黑斯廷斯跟你说过了吗？我们不愿张扬此事。”

“我完全理解。”

“你知道，目前仅仅是怀疑，我们没有任何证据。”

“确实。这只是以防万一。”

约翰转向我，掏出烟盒，点了一支烟。

“你知道英格尔索普那家伙回来了吗？”

“知道。我见到他了。”

约翰把火柴棍扔到旁边的花坛上，这让波洛难以忍受。他捡了起来，认真地埋了。

“真头疼，不知道该怎么应付他。”

“这种情形不会持续太久的。”波洛平静地说。

约翰一副迷惑的样子，完全不明白波洛那隐秘的预言。他把包斯坦医生给他的两把钥匙递给我。

“波洛先生想看什么都要为他提供方便。”

“房间是锁着的？”波洛问。

“包斯坦医生认为这样妥当一些。”

波洛深思着点点头。

“这么说他很肯定。那么，事情对我们而言就简单多了。”

我们一起朝发生悲剧的那个房间走去。为了方便起见，附上一张房间和里面主要家具摆设的平面图（见图二）。

波洛把自己锁在房间里，仔细地搜查着，像只蚱蜢一样敏捷地从一件物品跳向另外一件。我守在门口，生怕漏掉什么线索。然而波洛对我的这种自制毫无感激之情。

“你怎么啦，朋友？”他大喊，“你站在那儿像个——什么来着？啊，对了，木头桩子！”

我解释说自己担心会毁坏脚印什么的。

“脚印？亏你想得出来！足足有一个军队那么多的人来过这个房间！我们还能找到什么脚印？得了，过来和我一起搜寻吧。我得先把我的小箱子放下，一会儿才用得上。”

说着，他把小箱子往窗边的圆桌上一放，可用力过猛，桌面松动了，倾斜过来，把文件箱掀到了地板上。

“看看这桌子！”波洛嚷嚷着，“啊，我的朋友，一个人也许住着大房子，可其实并不怎么舒服。”

他说教了一通，继续检查。

书桌上的一只紫色小文件箱引起了他的注意，箱子的锁孔里还插着一把钥匙。他拔出钥匙，让我检查一下，可我没看出有什么特别的。这是一把普通弹簧锁的钥匙，钥匙柄上缠了一段绞合线。

随后他检查了我们撞破的门框，相信插销确实坏了。

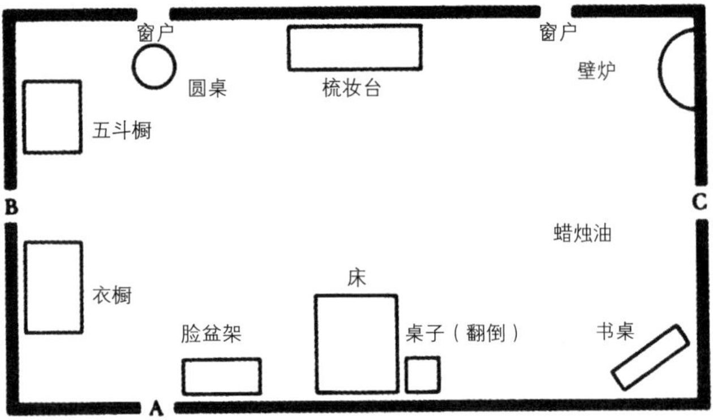

英格尔索普太太的卧室

A– 通往走廊的门
B– 通往英格尔索普先生房间的门
C– 通往辛西亚房间的门

图二

接着，他走到对面通向辛西亚房间的门那儿。就像我说的那样，这扇门也闩上了。他拔出插销，打开门又关上，反复几次，同时尽可能地避免发出任何声音。忽然，插销上有个东西引起了他的注意。他仔细地检查着，然后灵活地从自己的小箱子里拿出一只小镊子，从里面抽出一点极小的东西，小心翼翼地放进一个小密封袋里。

五斗橱上有一个放着一盏酒精灯的托盘，还有一个小平底锅，里面残留着些许发黑的液体。旁边是一个空杯子和一个茶杯托。

我不明白自己怎么这么粗心大意，居然都没看到这些。这真是一个有价值的线索。波洛优雅地用一个手指头蘸了蘸那液体，小心谨慎地尝了尝，做出一副苦相。

“可可——还有——我想是——朗姆酒。”

床边倒着一张桌子，他朝散落在地板上的那些东西走过去。一个阅读灯，几本书，几根火柴，一串钥匙，还有一地的咖啡杯碎片。

“啊，真奇怪。”波洛说。

“我得承认我没觉得有什么奇怪的。”

“你不奇怪吗？观察这盏灯——灯罩碎成两部分，就是打碎后的这个样子。但是看看这儿，咖啡杯摔了个粉碎。”

“呃，”我不耐烦地说，“肯定有人踩过。”

“没错，”波洛说，语气很怪，“有人踩过。”

他站起身，慢慢走到壁炉台前，站在那儿心不在焉地摸着上面的装饰品，一一整理着——这是他内心焦虑不安时喜欢做的小动作。

“我的朋友，”他转身对我说，“有人踩过那杯子，都踩成了碎末，这么做或者是因为杯子里有士的宁，又或是——那样更麻烦——因为根本就没有士的宁！”

我没有回答他。我被他搞糊涂了，可我知道最好别问为什么。没过多久，他打起精神，继续研究。他捡起地板上的那串钥匙，在手上转了几圈，最后选定了一把闪闪发光的，试着去开紫色文件箱的锁。正合适。他打开箱子，可犹豫片刻之后，他合上箱子，重新锁上，并且把这串钥匙连同刚才插进锁里的那把，一起放进了口袋。

“我没有权力搜查这些文件，但是必须马上行动！”

然后，他十分仔细地检查了脸盆架上的抽屉。穿过房间走向右手边的窗户时，他似乎对深棕色地毯上那摊圆形的、不易觉察的污渍特别感兴趣。他蹲下身，细致地检查着——甚至还凑过去闻了闻。

最后，他往试管里倒了几滴可可，仔细地封好。做完这些后，他掏出一个小笔记本。

“在这个房间里我们发现，”他边说边匆匆地记着，“六点有意思的事项。需要我列举一下吗？还是你来说说？”

“哦，你说。”我急忙回答。

“那好。一、地上碎成粉末的咖啡杯；二、一个锁孔里插着钥匙的文件箱；三、地板上的污渍。”

“可能是以前弄脏的。”我打断了他。

“不会的，因为它看着还很潮湿，而且有股咖啡味。四、一些深绿色编织物的碎屑——只有一两根细线，但仍然能辨认出来。”

“啊！”我大叫，“你放进密封袋里的东西！”

“是的，也可能是从英格尔索普太太某件衣服上扯下来的，那样就没什么用了。我们会弄明白的。五、这个！”他极富戏剧性地指着书桌旁边地板上的一大块蜡烛油，“肯定是昨天滴到地上的，不然，一个称职的女佣会立刻用吸墨纸和熨斗把它擦掉。我最好的一顶帽子就曾经——不过这不是重点。”

“很有可能是昨天晚上。大家都很慌乱不安。也有可能是英格尔索普太太自己滴到地上的。”

“你们只拿了一支蜡烛到这个房间吧？”

“是的。劳伦斯·卡文迪什拿着。但他心烦意乱的，好像在那儿看到了什么——”我指了指壁炉台，“都吓呆了。”

“有意思，”波洛迅速说道，“是的，这倒给人以联想——”他的目光掠过整面墙，“不过这么大一片蜡烛油可不是他的那支蜡烛滴的，你也看到了，这是白色油脂，而劳伦斯先生的那支还在梳妆台上放着——是粉红色的。

另外，英格尔索普太太的房间里没有烛台，只有一盏台灯。”

“那么，”我问，“你的推论是——”

对此，我的朋友只给了一个让人气恼的回答，还鼓励我要发挥自己的聪明才智。

“第六点呢？”我问，“我猜是可可的样品。”

“不，”波洛若有所思地说，“我本来打算把它归于第六点，可我现在不那么认为了。不，第六点现在要保密。”

他快速地扫了一眼房间。“我想，这儿没什么要做的了，除非——”他盯着壁炉里的灰烬认真地看了好一阵子，“这火还燃烧着——可它灭了。不过说不定——也许——我们看看！”

他趴在地上，灵巧而又万分小心地把炉灰从壁炉扒到挡泥板上。突然，他轻轻地喊了一声：

“镊子，黑斯廷斯！”

我赶紧把镊子递给他，他熟练地夹起了一小片半焦的纸。

“看，我的朋友，”他大声说，“你觉得这是什么？”

我仔细地查看这块碎片。以下是原样复制下来的（见图三）。

我有点摸不着头脑。它不是一般的厚，完全不同于普通的信纸。忽然间，我脑中闪过一个念头。

“波洛！”我大叫，“这是遗嘱的碎片！”

图三

“完全正确。”

我严厉地看着他。

“你不奇怪吗？”

“不，”他正色说道，“我早就料到了。”

我把碎纸片递给他，看着他放进自己的文件箱里，正如他对待所有事物一样有条不紊。我脑子里一片混乱。遗嘱有什么纠纷呢？是谁烧毁的？是那个把蜡烛油滴在地上的人吗？显然是。可是谁也进不来啊。所有的门都在里面锁上了。

“现在，我的朋友，”波洛轻快地说，“我们走吧。我得去问那个客厅女佣几个问题——她叫多卡丝，对吗？”

我们走进阿尔弗雷德·英格尔索普的房间，波洛在这里滞留了一会儿，做了一个简短但是相当全面的检查。我们从这扇门走出来，连同英格尔索普太太房间的门，像之前那样一块儿锁上了。

我把他带到楼下的内室里，因为波洛说过想看一看。

然后，我自己去找多卡丝。

可我把她带过来时，内室里却没有人了。

“波洛！”我喊道，“你在哪儿？”

“这儿，我的朋友。”

他正站在落地窗的外面，明显是被形态各异的花坛深深吸引住了。

“太美妙了！”他低声说道，“太美妙了！多么对称啊！看那月牙形，还有菱形——多么整齐有序，真是赏心悦目。植物的间距也恰到好处。这都是最近种植的，对吗？”

“是的，应该是昨天下午种的。可是，进来吧——多卡丝来了。”

“行了，行了！别妒忌我享受美景。”

“呃，可是这件事更重要。”

“你怎么知道这些美丽的秋海棠不重要？”

我耸了耸肩。如果他决定一意孤行，那就无须和他争论了。

“你不同意？可就是这样的。好吧，我们进去见一见勇敢的多卡丝。”

多卡丝站在内室里，两手交叉垂在身前，灰色的头发在白帽子下像波浪似的鼓鼓地支棱着。她是忠实的老式女佣的典范和代表。

她对波洛持一种怀疑的态度，但他很快就冲破了她的防线。他向前递过一把椅子。

“请坐，小姐。”

“谢谢，先生。”

“你跟随你的女主人很多年了，是吗？”

“十年，先生。”

“真是很长的一段时间，而且是兢兢业业。你很关心她，是吗？”

“对我来说她是个很好的女主人，先生。”

“那你会同意回答我几个问题的。我已经征得卡文迪什先生的许可，问你这几个问题。”

“哦，当然可以，先生。”

“那我就从昨天下午发生的事问起吧。你的女主人和谁吵架了吗？”

“是的，先生。可我不知道我是否应该——”多卡丝犹豫了。波洛敏锐地盯着她。

“我的好多卡丝，我需要尽可能充分地了解那次吵架的每个细节。不要认为这是在泄露女主人的秘密。你的女主人不明不白地死了，所以我们必须查清楚一切——如果想替她报仇的话。人死不能复生，但如果这是一起犯罪，我们真心希望能将凶手绳之以法。”

“但愿如此。”多卡丝愤愤地说，“那我就不指名道姓了，这房子里有这么一个人，没人能受得了他。自从他跨入这个门槛，这个家就暗无天日了。”

等她平息怒气之后，波洛继续用有条不紊的腔调问道：

“那么，关于这次争吵，你最开始听到的是什么？”

“哦，先生，昨天我碰巧经过门厅外面——”

“什么时候？”

“我说不准，先生，不过绝对不是喝茶的时候。可能是四点——或者晚那么一点。呃，先生，我说过了，我是碰巧经过，听到里面传来很大、很生气的吵架声。我真的不是故意偷听的，但是——呃，我停在那儿。门关着，可女主人的说话声很尖厉、很清楚，所以我能很真切地听到她说什么。‘你对我撒谎，你骗了我。’她说。我没听到英格尔索普先生是怎么回答的。他的声音很低。但是她接着说，‘你怎么敢这样？我养着你，给你吃给你穿！你拥有的一切都是我给你的！这就是你对我的回报吗！把我们的脸都丢尽了！’我还是没听清他说什么。不过她继续说道，‘你说什么都没用了。我看清了自己的义务。我主意已定，你别以为我怕传扬出去，或者夫妻丑闻这一套能阻止我。’然后，我感觉他们要出来了，就赶紧走了。”

“你肯定你听到的是英格尔索普先生的声音吗？”

“哦，是的，先生。还能有谁的声音？”

“好吧，后来呢？”

“后来，我又回到门厅，不过什么动静都没了。五点钟，英格尔索普太太按铃要我给她送杯茶——不是吃的——到内室。她的脸色很可怕，看上去那么苍白，而且心烦意乱。‘多卡丝，’她说，‘我受到了很大的打击。’‘我很难过，太太，’我说，‘喝杯热茶吧，您会感觉好点，太太。’她手里拿着什么东西。我不清楚是封信还是一张纸。不过上面有字，她一直盯着它，好像是无法相信上面写的东西。她自言自语着，似乎是忘了我还在那儿：‘这几句话——一切都变了。’她又对我说，‘不要相信男人，多卡丝，他们不配！’我急忙离开了，之后为她送去一杯新沏的浓茶，她向我道了谢，还说喝过之后感觉好些了。‘我不知道该怎么办，’她说，‘夫妻丑闻是一件可怕的事情，多卡丝。要是可能的话，我宁愿保持缄默。’就在那时，卡文迪什太太走进来，所以她没再说什么了。”

“那封信——不管到底是什么了——她一直拿在手里吗？”

“是的，先生。”

“之后她有可能怎么处理那个东西？”

“这个，我不知道，先生。我猜她把它锁进她的紫色箱子里了。”

“那是她经常存放重要文件的箱子吗？”

“是的，先生。每天早上她都带着它下楼，晚上再带上楼。”

“她的箱子钥匙是什么时候丢的？”

“昨天午饭时间丢的，先生，她让我仔细找过。为了这件事，她心烦意乱。”

“她有备用钥匙吗？”

“哦，是的，先生。”

多卡丝很好奇地看着波洛，说实话，我也是。怎么老问丢失的钥匙呢？波洛笑了笑。

“没什么，多卡丝，我的工作就是了解这些事。这是那把丢失的钥匙吗？”他从口袋里掏出在楼上文件箱的锁上发现的那把钥匙。

多卡丝的眼珠好像快要瞪出来了。

“就是这把，先生，没错。可您在哪儿找到它的？我到处都找遍了。”

“啊，昨天你找的时候那个地方没有钥匙，今天就有了。现在，我们说点别的话题吧。女主人的衣橱里有没有一件深绿色的衣服？”

多卡丝被这个意外的问题给问蒙了。

“没有，先生。”

“你确定吗？”

“哦，是的，先生。”

“这房子里有没有人穿绿色的衣服？”

多卡丝想了想。

“辛西亚小姐有一件绿色的晚礼服。”

“深色还是浅色？”

“浅绿色的，先生；她们说是雪纺绸。”

“嗯，那不是我想问的。还有别人有绿色的衣服吗？”

“没有了，先生——我知道的没有了。”

波洛的脸上完全没有流露出失望或者其他什么表情，他只是说：

“好，我们不说这个了，说点别的。你的女主人昨天晚上有没有可能吃过安眠药？”

“昨天晚上没有，先生。我知道她没吃。”

“你怎么这么肯定？”

“因为药盒是空的。两天前她吃完了最后一包药粉，之后她没有去开药。”

“你确定吗？”

“我确定，先生。”

“那就清楚了。顺便问一下，昨天你的女主人让你在什么纸上签过名吗？”

“在纸上签名？没有，先生，”

“昨天傍晚黑斯廷斯先生和劳伦斯先生进来的时候，发现你的女主人正忙着写信，我猜你不知道这些信是写给谁的吧？”

“我不知道，先生。傍晚我出门了。也许安妮能告诉您，虽然她是个粗心的女孩，昨天晚上都没有收拾咖啡杯，我一不在这儿就出事。”

波洛抬起一只手。

“既然它们还在那儿，多卡丝，请你先不要收拾，我想检查一下。”

"好的，先生。"

"昨天傍晚你是几点出门的？"

"大约六点，先生。"

"谢谢你，多卡丝，我就问你这么多吧。"他站起身，踱到窗前，"我一直都很喜欢这些花坛，顺便问问，这里雇了几个花匠呢？"

"现在就三个了，先生。战争以前我们有五个，那时候这儿打理得就像贵族的花园。您那时候能看到就好了，真是美丽的风景。可现在只有老曼宁、小伙子威廉，还有一个穿着马裤之类的新潮女花匠。唉，真是个可怕的年代！"

"好日子还会有的，多卡丝，不管怎样，希望如此。现在，你能叫安妮来一下吗？"

"好的，先生。谢谢您，先生。"

"你怎么知道英格尔索普太太服用安眠药？"多卡丝离开房间后，在好奇心的驱使下，我问道，"还有那把丢失的钥匙和备用钥匙？"

"一件一件来。说到安眠药，我是通过这个知道的。"他突然拿出一只小纸板盒，是药剂师通常用来装药粉的盒子。

"你在哪儿找到的？"

"在英格尔索普太太房间的脸盆架抽屉里。这就是我的第六点。"

"可是我想，既然两天前已经吃完了，那这个就不重要了吧？”

“也许不重要，可你没注意到这盒子有何特别吗？”

我对盒子做了一番严密的检查。

“没有，我说不出来。”

“看看这标签。”

我仔细地念着标签上的字：“‘如需要，睡前服一包。英格尔索普太太。’没有，我没看出有何不妥。”

“没有药剂师的名字，不是吗？”

“啊！”我大喊，“没错，这很古怪！”

“你什么时候见过一个药剂师不印上自己的名字，就给病人这么一盒药的？”

“不，我从没见过。”

我激动起来，可波洛给我泼了一盆冷水。

“个中原因其实很简单，别得意了，我的朋友。”

只听外面一阵嘎嘎声，安妮就要过来了，因此我没来得及说话。

安妮是个高大的漂亮女孩，明显很激动，也许还带有一种对悲剧的残忍的享受。

波洛立刻换成一种公事公办的轻松口气，开门见山地说：

“我找你来，安妮，因为我觉得你能告诉我一些英格尔索普太太昨晚写信的事。一共有几封信？你能告诉我收信人的名字和地址吗？”

安妮想了想。

“一共有四封信，先生。一封给霍华德小姐，一封给韦尔斯律师，其他两封，我不记得了，先生——哦，对了，一封是给塔明斯特的晚会筹备人罗斯，还有一封，我忘记了。”

“再想一想。”波洛鼓励道。

安妮绞尽脑汁，仍然无济于事。

“真抱歉，先生，我忘得一干二净。我觉得我没注意这件事。”

“没关系，”波洛说，脸上没有任何失望的表情，“现在，我想问你点别的。英格尔索普太太的房里有个只剩下一点可可的平底锅，她每天晚上都吃这个吗？”

“是的，先生。每天傍晚都会送到她房间里，晚上她会热一热——她一直喜欢喝那个。”

“那是什么？纯可可吗？”

“是的，先生，掺了一点牛奶，一茶匙糖，还有两茶匙朗姆酒。”

“是谁送去她房间的？”

“是我，先生。”

“一直都是你送吗？”

“是的，先生。”

“什么时间送？”

“一般都是在我拉上窗帘的时候。”

“你直接从厨房拿过去吗？”

“不，先生，煤气灶总不够用，所以厨师都是在炒晚饭的蔬菜之前做好，然后我就拿着放在弹簧门旁边的桌子上，稍后再送到她房间里去。”

“弹簧门是在左侧吗？”

“是的，先生。”

“那张桌子，在门的这边还是在那边——靠用人的那边？”

“在这边，先生。”

“昨天晚上你几点拿过去的？”

“差不多是七点一刻，先生。”

“送到英格尔索普太太房间里是几点？”

“我拉上窗帘的时候，大概是八点钟，我还没把窗帘都拉上，英格尔索普太太就上来睡了。”

“那么，七点一刻到八点这段时间，可可一直放在左侧那张桌子上吗？”

“是的，先生。”安妮的脸越来越红了，忽然出人意料地脱口而出，“如果里面放了盐，先生，不是我放的。我从来不把盐放在旁边。”

“是什么让你想到里面有盐？”波洛问。

“我看到托盘上有盐，先生。”

“你在托盘上看到盐了？”

“是的，好像是粗盐。我拿托盘的时候完全没有注意到，但当我端着它去女主人房间时，一眼就看见了。我本来应该拿回去让厨师重新做，可当时我很着急，多卡丝又不在，我想也许盐没放进可可里，只是掉在托盘上了，所以我用围裙把盐擦掉，就端进去了。”

我简直按捺不住自己的激动。安妮还不知道自己给我们提供了重要的证据，如果她知道她所说的“粗盐”就是众所周知的致命毒药士的宁，不吓个半死才怪。我惊叹于波洛的镇定。他的自控能力太惊人了。我焦急地期待着他的下一个问题，然而它让我很失望。

“你走进英格尔索普太太的房间时，通向辛西亚小姐房间的门是闩着的吗？”

“哦，是的，先生，一直都闩着，从来没打开过。”

“那通向英格尔索普先生房间的门呢？你有没有注意到，也是闩着的吗？”

安妮迟疑了。

“我说不准，先生，门是关着的，可我不知道是不是闩着。”

“你最后离开房间时，英格尔索普太太在你身后闩上门了吗？”

“不，先生，当时没有，不过我想她后来闩上了。她晚上都会锁门的。就是通向走廊那扇门。”

“昨天你收拾房间时，有没有发现地板上有蜡烛油？”

“蜡烛油？哦，没有，先生。英格尔索普太太没有蜡烛，只有一盏台灯。”

“那么，如果地板上有一大片蜡烛油，你觉得你肯定能看到吗？”

“是的，先生，而且我会用吸墨纸和熨斗清理干净的。”

接着，波洛重复了他问多卡丝的那个问题。

“你的女主人有件绿色的衣服吗？”

“没有，先生。”

“斗篷、披肩，还有那件——你管它叫什么来着——上衣外套，都没有吗？”

“没有绿色的，先生。”

“这屋子里的其他人呢？”

安妮想了想。

“没有，先生。”

“你肯定吗？”

“非常肯定。”

“好！我想了解的就是这些。非常感谢。”

安妮神色紧张地傻笑了两声，走出了房间，留下大门嘎吱作响。我一直控制的激动情绪爆发了。

“波洛，”我大喊，“祝贺你！这是个重大的发现。”

“什么重大的发现？”

“哎呀，有毒的是可可而不是咖啡，一切都说得通了。可可是半夜喝的，所以凌晨才起作用。”

“因此你认为这可可——好好听我说，黑斯廷斯，这可可——里面有士的宁吗？”

“当然！那托盘上的盐，还能是什么？”

“可能就是盐。”波洛平静地回答道。

我耸耸肩。要是他打算这么办事的话，就没什么可争论的了。我脑海中不止一次地闪过这种念头：可怜的老波洛年纪越来越大了。幸亏他有个善于接受新事物的脑袋。

波洛用他那闪烁的眼睛冷静地打量着我。

“你对我不满意了吧，我的朋友？”

“亲爱的波洛，”我冷冷地说，“我不会告诉你要怎么做。你有权坚持己见，我也是这样。”

“一个令人钦佩的观点，”波洛轻快地站起身，说，“现在，这间屋子里的事我已经做完了。对了，角落里那张小点的书桌是谁的？”

“英格尔索普先生的。”

“啊！”他想打开书桌上面折叠的盖子，“锁上了。不过也许英格尔索普太太那串钥匙里的其中一把能打开。”他一只手熟练地转动着钥匙，试了几把之后，终于满意地喊道：“好啦！这不是开这桌子的钥匙，不过关键时刻能打开。”他把折叠桌面往后一推，快速地扫了一眼摆得整整齐齐的档案文件。让我吃惊的是，他并没有检查这些文件，只是重新锁好书桌，赞许地说道：“显然，这位英格尔索普先生是个有条有理的人！”

一个“有条有理的人”，在波洛的评价中，这是他能给予的最高赞赏了。

我感觉，我的朋友在天马行空地聊天时，好像变成了另外一个人。

“他的书桌里没有邮票，可也许那儿有。呃，我的朋友？那儿也许有？对——”他环顾四周，“这间内室没能提供更多的信息。给的不多，就这些了。”

他从口袋里掏出一个皱巴巴的信封，扔给我。这是一份很奇怪的文件。一个简单的、肮脏的旧信封，上面有几个潦草的字，很明显是随便写上去的。下面是复印件（见图四）：

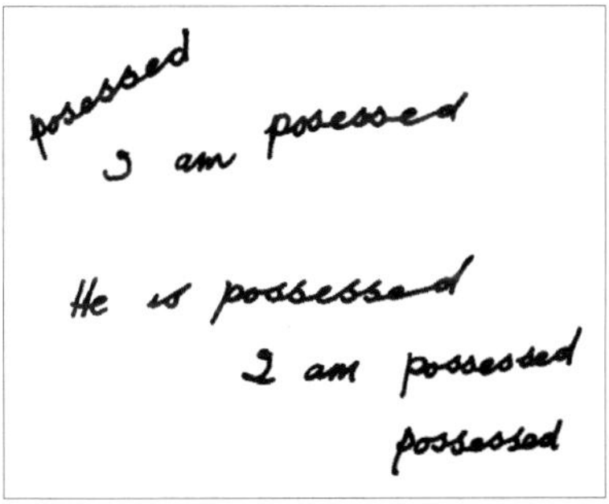

图四

第五章 “不是士的宁，对吧？”

“你在哪儿找到的？”我好奇地问波洛。

“在废纸篓里。你认识这个笔迹吗？”

“是的，是英格尔索普太太的笔迹。可这是什么意思？”

波洛耸耸肩。

“我说不出来——但这很有启发性。”

我的脑子里闪过一个荒诞的念头。英格尔索普太太八成是精神失常了吧？她是不是因为走火入魔才有这些奇怪的想法？如果是这样，有没有可能她是自杀呢？

我正要告诉波洛上述推论，可他的话又把我弄糊涂了。

“哎，”他说，“现在去检查一下那些咖啡杯。”

“亲爱的波洛，既然我们已经知道了可可，那么检查那些玩意儿到底有什么用处？”

“哦，啦啦，可怜的可可！”波洛无礼地大叫。

他很享受般地大笑着，假装绝望地将双手伸向天空。我本不应这么想，可我还是认为这是最糟糕的行为。

“然而，不管怎么说，”我说，语气更加冷淡了，“是英格尔索普太太自己把咖啡端上楼的，你还是别妄想发现什么了，除非你觉得我们能在咖啡托盘里发现一包士的宁！”

波洛马上严肃起来。

“算了吧，算了吧，我的朋友，”他挽住我的手臂说道，“别生气了！请允许我对我的咖啡杯产生兴趣吧。我也会尊重你的可可的。好啦！成交了吗？”

他这么风趣，我不禁笑了起来。于是我们一起走进客厅里，咖啡杯和托盘仍然像我们离开时那样安静地摆在那儿。

波洛让我概括地讲一下前天晚上的情景，他听得非常仔细，并且核实了每个杯子的位置。

“那么，卡文迪什太太站在茶托盘旁边——倒咖啡。嗯。后来，她走到你和辛西亚小姐坐的窗口那边。没错。这儿有三个杯子。壁炉台上那个喝了一半的杯子，应该是劳伦斯 · 卡文迪什先生的。那托盘里的那个呢？”

“是约翰 · 卡文迪什的。我看到他放在那儿了。”

“好。一、二、三、四、五——可是，英格尔索普先生的杯子呢？”

“他没喝咖啡。”

“那就都清楚了。等等，我的朋友。”

他小心翼翼地从每个杯子底部倒出来一两滴咖啡，分别密封在单独的试管里，同时依次尝了尝。他的面貌在奇怪地变化着，脸上凝固着一种表情，我只能形容为半困惑半宽慰。

“好吧！”他终于说话了，“弄清楚了！我原本有个想法——但很明显我错了。是的，我全搞错了。很奇怪，不过没关系！”

他用一种特有的方式耸了耸肩，把一直让他烦心的某件事抛诸脑后。我一开始就跟他说过了，他对咖啡杯如此执着，肯定会走进死胡同。可我还是忍住了。毕竟，尽管他年纪大了，可当年仍然是个伟大的人。

“早饭准备好了，”约翰·卡文迪什从门厅走进来，说道，“你和我们一起吃早饭吗，波洛先生？”

波洛默许了。我注意到约翰已经恢复正常，昨晚之事对他产生了暂时性的冲击，可他随即又回到了往日的稳重姿态。他是个没多少想象力的人，这一点和他弟弟形成了鲜明的对比，后者的想象力也许太过丰富了。

这天一大早，约翰就不停地忙着发电报——第一封发给了伊芙琳·霍华德——给报纸写讣告，忙着做那些普通丧事必须得做的伤心事。

“请问事情进展如何了？”他说，“你的调查表明了我母亲是自然死亡，还是——还是我们得做好最坏的打算？”

“我认为，卡文迪什先生，”波洛严肃地说，“你最好还是别抱有什么虚幻的希望。你能告诉我家里其他成员的看法吗？”

“我的弟弟劳伦斯认定我们是在大惊小怪。他说一切都说明了这只不过是心力衰竭而已。”

“是吗，他是这么想的？很有意思——很有意思，”波洛轻声嘀咕着，“卡文迪什太太呢？”

约翰的脸笼上了一层阴影。

“我完全不知道我妻子对这个问题有何看法。”

这回答让大家一时语塞。约翰打破了这令人尴尬的沉默，有些吃力地说：

“我有没有告诉你英格尔索普先生已经回来了？”

波洛低下头。

“现在的情形对我们大家而言都很尴尬。当然，应该像平常那样对待他——可是，见鬼，和一个有可能是杀人凶手的人同桌吃饭，真令人作呕！”

波洛同情地点点头。

“我非常理解，你们处境很艰难，卡文迪什先生。我想问你一个问题。英格尔索普先生昨晚没有回来，我相信是因为他忘了带大门的钥匙。是这样吗？”

“是的。”

“我认为你十分确定他忘带钥匙了——他到底带没带？”

“我也不清楚。我没想过要去看看。我们把钥匙放在门厅的抽屉里。我去看看这会儿是不是在那儿。”

波洛微笑着举起一只手。

“不，不，卡文迪什先生，现在太晚了。我确信你能找到它。要是英格尔索普先生真的带走了，现在他也有足够的时间再放回去。”

“但你不觉得——”

“我没有想法。如果今天早上他回来之前，有人正好看到钥匙在那儿，那对他就是个有利、有价值的证据。就是这样。”

约翰一脸困惑。

“别担心，”波洛很自然地说道，“我向你保证，你无须为此烦恼。既然你这么好心，那我们就去吃早饭吧。”

大家已经都在餐厅里了。鉴于这种情形，这自然不是一场欢乐的聚会。一波冲击之后的反应总是令人难过的，所以我觉得每个人都在遭受着痛苦。礼仪和良好的教养自然令我们的举止一如往常，然而我怀疑这种自制是否真这么困难。没人红眼圈，也没有任何暗自悲伤的迹象。我认为我是对的，多卡丝才是这出悲剧影响下最伤心的一个人。

我看了一眼阿尔弗雷德，他的举止太像个标准的鳏夫了。这种惺惺作态真让我恶心。我想知道他是否明白大家都在怀疑他。他肯定察觉到了——尽管我们尽量隐瞒。他感到潜在的可怕危险了吗，还是自信自己能逍遥法外？这种怀疑的氛围肯定让他有所警醒，知道自己已经是个嫌疑分子了。

但，是不是每个人都怀疑他？卡文迪什太太呢？我注视着她。她坐在餐桌桌首，优雅、镇定、神秘。她穿了一件柔软的灰色连衣裙，手腕上的白色花边搭在纤细的手上，看上去美丽动人。然而，只要她愿意，她的脸就能像斯芬克斯那样神秘莫测。她很沉默，很少开口，可不知为什么我却觉得她的性格中有一种强大的力量支配着我们所有人。

那么，小辛西亚呢？她怀疑吗？我感觉她的样子好像是累病了，动作沉重倦怠。我问她是不是感觉不舒服，她坦白地说：

“是的，我头很疼。”

“要不要再喝杯咖啡，小姐？”波洛热心地问，“它能让你恢复精神。治疗头疼，非它莫属。”他跳起来拿走了她的杯子。

“别放糖。”波洛刚拿起方糖钳子，辛西亚就看着他说。

“不放糖？战时戒糖，嗯？”

“不，我喝咖啡从不放糖。”

“该死！”波洛一边把倒满咖啡的杯子端回来，一边嘀咕着。

只有我听见了。我好奇地瞥了一眼这个小个子男人，只见他在拼命抑制自己的兴奋表情，眼睛就像猫一样发出绿光。他一定是听到或看到什么影响他的东西了——然而，是什么呢？我并不认为自己是个笨人，但我不得不承认，我没注意到有什么不同寻常的事。

过了一会儿，门开了，多卡丝出现了。

“韦尔斯先生来看您了，先生。”她对约翰说。

我想起这个名字来了，昨晚英格尔索普太太还给这位律师写过信。

约翰马上站了起来。

“带他去我的书房。”然后他转向我们，“我母亲的律师，”他解释道，接着压低声音说，“他也是验尸官——你们明白。你们跟我一起过去吗？”

我们默认了，跟着他走出房间。约翰在前面大步走着，我趁机小声地问波洛：

“要审问吗？”

波洛心不在焉地点点头，似乎在思考着什么，这让我很好奇。

“怎么了？你没注意我说什么。”

“没错，我的朋友。我很担心。”

“为什么？”

“因为辛西亚小姐喝咖啡不放糖。”

“什么？你不能严肃点吗？”

“我最严肃了。啊，有件事情我不明白。我的直觉是对的。”

“什么直觉？”

“这直觉驱使我一定要去检查那些咖啡杯，嘘！现在不说这个！”

我们跟着约翰走进他的书房，关上了门。

韦尔斯先生是个讨人喜欢的中年人，眼睛敏锐，长着一张典型的律师嘴巴。约翰介绍了一下我们两个人，并解释了我们在这儿的原因。

“你要知道，韦尔斯，”他补充说，“这是绝对保密的。我们仍然希望最后不用进行任何调查。”

“正是如此，正是如此。”韦尔斯先生温和地说，“真希望我们能使你免受聆讯的痛苦和宣扬。可没有医生的死亡证明，就不得不这么做了。”

“是呀，我想是这样。”

“包斯坦是聪明人。他是毒物学的权威。”

“确实是。”约翰说，表情有点僵硬。接着，他很含糊地补充道：“我们是不是都要出庭做证——我是说，我们所有人？”

“你们，当然——还有——嗯——英格尔索普——嗯——先生。”

稍微顿了顿，律师继续缓缓地说：“任何一个证据都能简单地证实，只是个形式问题。”

“我明白了。”

约翰的脸上掠过一丝释然。这让我很不解，他不应该这样啊。

“要是你不反对，”韦尔斯先生继续说，“那就在星期五吧。那我们就有充足的时间写医生报告了。是今天晚上验尸吗？”

“是的。”

“你方便吗？”

“没问题。”

“亲爱的卡文迪什，我就无须多说我对这不幸的悲剧有多悲痛了。”

“你能帮助我们弄清楚这件事吗，先生？”波洛插嘴说，我们进来之后，他还是头一次说话。

“我？”

“是的。我们听说英格尔索普太太昨天晚上给你写信了。今天早上你应该收到了。”

“我收到了，可是信上没说什么，只是说让我今早过来找她，因为她有件重要的事情想听听我的意见。”

“她暗示你可能是什么事吗？”

“很遗憾，没有。”

“真遗憾。”约翰说。

“太遗憾了。”波洛认真地表示同意。

一片沉默。波洛出神地思索了几分钟，最后转向律师。

“韦尔斯先生，有件事情我想请教你——就是，如果不违反你的职业规则的话。英格尔索普太太去世了，谁将继承她的财产？”

律师犹豫片刻，回答说：

“马上就会公布财产的事，如果卡文迪什先生不反对的话——”

“不反对。”约翰插嘴说。

“我看不出有什么理由拒绝回答你的问题。在她于去年八月签订的最后一份遗嘱中，她将一些琐碎的遗产留给用人，除了这些类似的条款，她把全部财产留给了继子，约翰·卡文迪什先生。”

“那不是——卡文迪什先生，请原谅我问个问题——对她另外一个继子劳伦斯·卡文迪什先生太不公平了吗？”

“不，我不这么认为。你瞧，根据他们父亲的遗嘱，继母去世后，约翰继承遗产的同时，劳伦斯会得到一笔数目相当可观的钱。英格尔索普太太知道她的长子能维持斯泰尔斯庄园，所以把钱留给了他。在我看来，这是个非常公平公正的分配。”

波洛若有所思地点点头。

“我明白了。但是我能否这么说，根据你们英国的法律，在英格尔索普太太再婚后，这个遗嘱就作废了？”

韦尔斯先生点点头。

“我接下来正要讲这个，波洛先生，现在这份文件已经无效。”

“啊！”波洛说。他想了一会儿，接着问道：“英格尔索普太太本人知道这件事吗？”

“我不清楚。她可能知道。”

“她知道，”约翰出人意料地说，“昨天我们还说到结婚后遗嘱就作废的事。”

“啊！还有一个问题，韦尔斯先生，你说‘她最后一份遗嘱’，那么，英格尔索普太太之前写过好几份遗嘱吗？”

“她每年至少写一份新遗嘱，”韦尔斯先生平静地说，“关于财产分配她总是改变主意，一会儿给家里的这个，一会儿又给另一个。”

“假如，”波洛提出，“某个人从任何意义上说都不是这个家中的一员，比如，霍华德小姐吧，而她新立了一份使此人受益的遗嘱，可你不知道，你会吃惊吗？”

“一点儿也不。”

“啊！”波洛似乎已经完成了提问。

约翰和律师讨论查看英格尔索普太太的文件问题时，我走近波洛。

“你认为英格尔索普太太写了一份遗嘱，把她的钱都给霍华德小姐了吗？”我有点好奇地低声问道。

波洛笑了。

“不。”

“那你为什么这么问？”

“嘘！”

约翰·卡文迪什转向波洛。

“你和我们一起去吗，波洛先生？我们打算去查一下我母亲的文件。英格尔索普先生非常乐意全权交给韦尔斯先生和我本人。”

“那事情就简单多了。”律师咕哝着，“当然，从法律上来说，他有资格——”他没说下去。

“我们要先看一下内室里的书桌，”约翰解释道，“然后上楼去她的卧室。她把最重要的文件都放在一个紫色文件箱里了，我们得仔细检查检查。”

“好的，”律师说，“很有可能那儿有一份比我这里更新的遗嘱。”

“的确有一份更新的遗嘱。”说话的是波洛。

“什么？”约翰和律师吃惊地看着他。

“或者，不如这么说，”我的朋友平静地继续说，“曾经有一份。”

“曾经有一份，你是什么意思？现在在哪儿？”

“烧了！”

“烧了？”

“是的。看这儿。”他拿出我们在英格尔索普太太房间壁炉里找到的烧焦的纸片，递给律师，并对何时何地发现的做了简单的说明。

“可没准这是一份旧遗嘱呢？”

“我不这样认为。实际上，我几乎可以肯定，写这份遗嘱的时间是在昨天下午以后。”

“什么？”“不可能！”两人同时脱口而出。

波洛转向约翰。

“如果你同意我把你的花匠叫来，我会向你证明的。”

“哦，当然——可我不明白——”

波洛举起一只手。

“照我说的去做吧。以后你想问多少问题都行。”

“好。”约翰按了下铃。

多卡丝马上出现了。

“多卡丝，你叫曼宁过来，我要跟他谈一下。”

“是，先生。”

多卡丝退了出去。

我们紧张而无声地等待着，只有波洛一个人显得很轻松，擦了擦书橱上一个蒙了灰尘的角落。

外面传来一阵沉重的、钉靴踩在沙砾上的脚步声，是曼宁来了。约翰探询地看了一眼波洛，后者点了点头。

“进来，曼宁，”约翰说，“我有话跟你说。”

曼宁缓慢地走向落地窗，紧紧地贴着窗边站好。他把帽子拿在手中，小心翼翼地转着。他的背驼得厉害，可能没有看上去那么老，两眼敏锐而精明，掩饰了他木讷而谨慎的发言。

“曼宁，”约翰说，“这位先生想问你几个问题，我需要你回答清楚。”

“是，先生。”曼宁含糊地说。

波洛轻快地走上前。曼宁略带轻蔑地扫了他一眼。

“昨天下午你们在屋子的南面种了一坛秋海棠，对吗，曼宁？”

“是的，先生，我和威勒姆。”

“后来英格尔索普太太来到窗口叫你们了，是吗？”

“是的，先生，她叫了。”

“用你自己的话仔细地跟我讲一下之后发生了什么事。”

“好的，先生，也没什么。她就是让威勒姆骑车去村里买一份遗嘱表格，或者这一类的——我不知道具体是什么——她写了一个字条给他。”

“是吗？”

“是的，他就去了，先生。”

“后来呢？”

“我们继续种秋海棠，先生。”

“英格尔索普太太没再叫你们吗？”

“叫了，先生，她又叫了我和威勒姆。”

“然后呢？”

“她叫我们立刻进来，在一张长纸的底部签了名——在她的签名下面。”

“你看没看到在她签名的上面都写了什么？”

“没有，先生，那部分上面盖着一小张吸墨纸。”

“于是你们就在她说的位置签了名？”

“是的，先生，我先签的，然后是威廉。”

“事后她拿这张纸干什么了？”

“呃，先生，她把它装进一个长信封里，然后放进立在书桌上的一个紫色箱子里了。”

“她第一次叫你们的时候是几点？”

“我想是四点左右，先生。”

“不会更早？有没有可能是在三点半左右？”

“不，我认为不是，先生。更有可能是四点多——不是四点以前。”

“谢谢你，曼宁，可以了。”波洛愉快地说。

花匠看了看自己的主人，约翰点了点头，于是曼宁咕哝着，举起一个手指头到前额，小心翼翼地从落地窗退了出去。

我们面面相觑。

“天哪！”约翰低声说，“多么蹊跷的巧合！”

“怎么——巧合？”

“我母亲就在自己去世的这一天立了一份遗嘱！”

韦尔斯先生清了清嗓子，冷冷地说：

“你确定这是个巧合吗，卡文迪什？”

“你这是什么意思？”

“你告诉我，你母亲昨天下午和一个人发生了激烈的争吵——”

“你什么意思？”约翰大喊，声音颤抖，脸色苍白。

“那场争吵之后，你母亲忽然急匆匆地立了一份新遗嘱，而这份遗嘱内容我们永远也不知道了。她没告诉任何人里面的条款。毋庸置疑，她本来打算今天早上和我讨论这件事——可是她没有机会了。遗嘱不见了，她把这个秘密带进了坟墓。卡文迪什，我很担心这不是巧合。波洛先生，我相信你一定会同意我的看法，这些事实很有暗示性。”

“有没有暗示，”约翰打断了他的话，“我们都非常感谢波洛先生说明了这件事。要是没有他，我们永远也不会知道这份遗嘱。我可不可以问问你，波洛先生，是什么让你推测出这个事实的？”

波洛笑了笑，回答道：

“一个胡乱写着几个字的旧信封，还有一坛刚刚种下的秋海棠。”

我猜约翰还想再问点什么，可是就在这时，传来一阵巨大的汽车引擎发动声。我们望向窗口，汽车一闪而过。

“艾维！”约翰大叫，“请原谅，韦尔斯。”他急忙走出去。

波洛吃惊地看着我。

“霍华德小姐。”我解释说。

“啊，很高兴她来了。她是个有头脑、心肠好的女人，黑斯廷斯。虽然仁慈的上帝没能给她一副美丽的面孔。”

我跟着约翰走出房间，来到门厅。霍华德小姐正费力地把自己从裹在头上的面纱中解放出来。她的视线一落到我身上，一股内疚的剧痛就击中了我。就是这个女人，曾经诚恳地警告过我，可是对于她的警告，唉，我竟然没放在心上！我是多么快速、多么轻蔑地就把它从自己的头脑中移走了。现在，她的话竟然通过如此悲惨的方式加以证实了，我感到羞愧。她太了解阿尔弗雷德·英格尔索普了。我怀疑，如果她留在了斯泰尔斯，这个悲剧是不是就不会发生？这个男人会不会害怕她那警惕的目光？

她痛苦地握住了我的手——这种感觉我至今能清楚地记得——我才放下心来。她看我的目光十分悲伤，但没有谴责。她眼皮红肿，我知道她一定哭得很伤心，不过她以前那种直爽的态度并没有改变。

“我一接到电报就马上赶来了。刚值完夜班。租了一辆车，以最快的速度过来了。”

“你吃早饭了吗，艾维？”约翰问道。

“没有。”

“我知道你没吃。快去吧，早饭还没收，他们会给你新沏壶茶。”他转向我，“照顾一下她，黑斯廷斯，好吗？韦尔斯还等着我。哦，这位是波洛先生，他正在帮我们，艾维。”

霍华德小姐和波洛握了握手，扭头朝约翰疑惑地看了一眼。

“你是说——帮我们？”

“帮我们调查。”

“没什么可调查的。他们不是已经把他关进监狱了？”

“把谁关进监狱?”

“谁?当然是阿尔弗雷德·英格尔索普!”

“亲爱的艾维,说话要小心,劳伦斯认为我母亲是因为突发心脏病去世的。”

“太蠢了,劳伦斯!”霍华德小姐反驳道,“当然是阿尔弗雷德·英格尔索普杀死了可怜的艾米丽——我一直跟你说他会这么干的。”

“我亲爱的艾维,别这么大声嚷嚷。不管我们是怎么想的,怀疑什么,目前还是少说为妙。星期五会聆讯的。”

“别胡说八道了!”霍华德小姐哼了一声,“你们都糊涂了,到那时那家伙会跑到国外去的。如果他有一点脑子,就绝对不会乖乖地待在这儿等着被绞死。”

约翰·卡文迪什无助地看着她。

“我知道是怎么一回事,”她指责他道,“你听了那些医生的话。别听那一套。他们知道什么?什么都不能相信——不然正好中了圈套。我知道——我父亲就是个医生。那个小个子威尔金斯是我见过的最傻的傻子。突发心脏病!他们就会这么说。任何人,只要有一点脑子,就能马上看出是她丈夫毒死了她。我一直就说,他会把她杀死在床上的,可怜的人。现在,他真这么做了,可你们只会嘀咕那些愚蠢的事,‘突发心脏病’,还有‘星期五聆讯’。你应该为自己感到羞耻,约翰·卡文迪什。”

“你想让我做什么?”约翰已经挤不出半点笑容,问道，“该死，艾维，我总不能勒着他的脖子把他拽到当地警察局去啊！”

“哼，你有事做。弄明白他是怎么干的。他是个狡猾的乞丐。我敢说他肯定浸过捕蝇纸。你问问厨子是不是丢过，哪怕一张。”

那一刻我强烈地感觉到，如果让霍华德小姐和阿尔弗雷德·英格尔索普住在同一屋檐下，和平相处，很可能是个艰巨的任务，我可不羡慕约翰。从他脸上的表情可以看出，他已经充分意识到自己艰难的处境了，还是暂时回避一下的好，于是他急忙离开了房间。

多卡丝送来了新沏的茶。她一离开房间，波洛就从原先站着的窗边走过来，坐在了霍华德小姐对面。

“小姐，”他一本正经地说，“我想问你一些事。”

“问吧。”女士有点不高兴地看着他，说道。

“我希望能得到你的帮助。”

“我很高兴能帮你绞死阿尔弗雷德。”她粗声粗气地说，“绞刑太便宜他了，应该像古代那样五马分尸。”

“我们都是这样想的，”波洛说，“因为我也想绞死这个凶手。”

“阿尔弗雷德·英格尔索普？”

“他，或另一个人。”

“不可能是别人。要是他没来这里，可怜的艾米丽不可能被害死。我不得不说她被一群鲨鱼包围着——是的——可他们只关心她的钱包，她还是很安全的。然而阿尔弗雷德·英格尔索普先生来了——并在两个月内——说变就变了！”

“相信我，霍华德小姐，”波洛恳切地说，“如果英格尔索普先生是这么一个人，他逃不出我的手心的。我敢发誓，我以我的名誉担保，我一定把他吊得像哈曼[①]那么高！”

“那就好了。”霍华德小姐热心起来。

“不过，我得请你相信我。现在，你的帮助对我来说很珍贵。我会告诉你原因。因为，在这座悲伤的房子里，只有你为老夫人哭肿了眼睛。”

霍华德小姐眨眨眼睛，嘶哑的声音中蕴藏了一种新的语气。

“如果你是说我爱她——是的，我爱她。你知道，艾米丽是个只顾自己的老女人。她慷慨大方，可她总是要求得到回报。她绝不会让人们忘记自己为他们做过的事——因此，她并不受人爱戴。可她从没意识到这一点，也从未感到缺少爱。无论如何都别这么认为。我的位置跟别人不同。打从一开始我就坚定自己的立场。‘我一年领到这么多薪水，很好了，但是多一个便士我都不要，哪怕是一双手套，一张戏票。’她不理解，有时还很生气，说我是愚蠢的

①《圣经》中的人物，是犹太人的敌人，后来被高高地吊在绞刑台上。

骄傲。不是这样的——但我没法解释。不管怎样，我保持着自尊。因此，跟这群人不一样，我是唯一能让自己爱她的人。我留心着她，保护她不受他们的欺负，可是，来了一个油嘴滑舌的无赖。呸！我这么多年的忠心都白费了！”

波洛同情地点点头。

“我理解，小姐，我理解你的感受。这最自然不过了。你认为我们是冷淡的人——缺少热情和活力——可是，相信我，不是这样的。”

就在这时，约翰探进头来，邀我们俩去英格尔索普太太的房间，因为他和韦尔斯先生已经检查完内室里的那张书桌了。

我们上楼时，约翰回头看了看餐厅的门，压低声音诡秘地说：

“听我说，这两人见了面会怎么样？”

我无可奈何地摇摇头。

“我已经告诉玛丽尽可能分开他们。”

“她会这么做吗？”

“天知道。有件事，英格尔索普可不怎么想看见她。”

“你还带着那串钥匙，对吗，波洛？”我们到达锁着的房门时，我问。

约翰从波洛那里接过钥匙，打开门，于是我们都走了进去。律师径直走向书桌，约翰跟在他身后。

“我相信，我母亲把她最重要的文件都存在这个文件箱里了。”他说。

波洛拿出一小串钥匙。

“请允许我说一下。今天早上，为了防患于未然，我把它锁上了。”

“可现在没锁啊。”

“不可能！”

“看。”约翰边说边打开了箱子。

“糟了！”波洛大喊，惊呆了，“两把钥匙都在我口袋里！”他扑到箱子前，突然，他僵在那儿，“原来如此！这锁是撬开的！”

“什么？”

波洛又放下了箱子。

“可这是谁撬开的呢？他为什么要这么做？什么时候？可这门是锁着的呀？”我们断断续续地惊叫着。

波洛明确地做了回答——几乎是机械地。

“谁？这是个问题。为什么？啊，我知道就好了。什么时候？一小时前我走了之后。说到门是锁着的，这是一把很普通的锁。也许这走廊里的任何一个门的钥匙都能打开。”

我们茫然地彼此注视着。波洛已经走到壁炉台前。他表面很平静，但我注意到，他那双出于长年旧习而整理壁炉台上花瓶的手，正在剧烈地颤抖着。

“听我说，是这样的，”他终于开口了，“那箱子里有些东西——某种证据，也许本身很小，但足以作为线索把凶手和犯罪联系在一起——必须在人们发现它和它的重要性之前毁掉它，这对他而言至关重要。因此，他冒着这个危险，巨大的危险，来到这儿。发现箱子是锁着的，他不得不撬开了它，因此也暴露了行踪。他肯冒这个风险，一定是因为一件很重要的事。”

“但那是什么事呢？”

“啊！”波洛喊着，做了个生气的手势，“那个，我不知道！无疑是某份文件，也许是昨天下午多卡丝看到她手里拿着的文件碎片。并且我——”他怒火喷发，“我真是个可怜的动物！我什么也没想到！我就是个蠢货！我真不应该把箱子留在这儿！我应该把它带走！啊，比猪还要笨三倍！现在，它不见了。毁了——但是，毁了吗？还有没有机会——我们必须不遗余力——”

他像个疯子似的冲出房间，我恢复了理智，立刻跟了出去。但是，我跑到楼梯口的时候，他已经不见了。

玛丽·卡文迪什正站在楼梯的分岔处，向下盯着门厅——也就是波洛消失的那个方向。

“你那个非凡的小个子朋友怎么了，黑斯廷斯先生？他刚才像头疯牛一样从我身边冲了过去。”

“他被某件事弄得很心烦。”我无力地说。我真的不知道波洛希望我泄露多少秘密。看到卡文迪什太太那富有表现力的嘴唇上抿出一抹微笑，我尽量想办法转移话题：

“他们还没见面，是吗？”

“谁？”

“英格尔索普先生和霍华德小姐。”

她非常为难地看着我。

“如果他们见面了，你觉得会是一场灾难吗？”

“呃，你不这么认为吗？”我很惊讶地说。

“不。”她一如往常那般安静地微笑着，“我宁愿看着这场灾难大爆发，那会使空气清洁起来。总比现在这种状况好——我们都是想得多，又不敢说出口。”

“约翰不这么认为，”我说，“他急于把他们分开。”

“哦，约翰！”

她的语气中有些东西令我很生气，我脱口而出：

“约翰是个很好的人。”

她好奇地看了我一两分钟，然后说出了让我大吃一惊的话：

“你对朋友很忠实。我很喜欢你这一点。”

“你不也是我的朋友吗？”

“我是个很坏的朋友。”

“为什么这么说？”

“因为这是真的。我今天让朋友们着迷，明天就把他们忘得一干二净。”

我不知道受了什么刺激，忽然感到一阵愤怒，并且很鲁莽很不礼貌地说道：

“可你似乎让包斯坦医生一直很着迷！”

我立刻为自己的话感到后悔了。她绷起了脸。我们之间升起了一道无形的屏障。她一言未发，转身飞快地上楼了，我像个白痴一样站在那儿，张口结舌地看着她的背影。

楼下一阵可怕的争吵声把我的思绪拉了回来。我听见波洛大声地解释着。我气恼地想着自己那徒然无功的交际手段。这个小个子似乎很信任这房子里的人，可我却怀疑他的这种做法很不明智。我的朋友一激动就特别容易失去理智，我禁不住再次懊悔，赶忙下了楼。我的出现让波洛几乎立刻平静下来。我把他拉到一边。

“亲爱的朋友，”我说，“这么做明智吗？你肯定不想让全家人都知道这件事吧？你这么做实际上就落入罪犯的圈套了。”

“你是这么想的吗，黑斯廷斯？”

“我确实是这么认为的。”

“好吧，好吧，我的朋友，我听你的。”

“好的。虽然，很不幸，现在已经太迟了。”

“没错。”

他看起来很是垂头丧气、羞愧不已，这令我十分难过，虽然我仍然认为我的指责是公正而英明的。

“哎，”他终于说话了，“我们走，朋友。”

“你处理完这里的事了？”

“是的，暂时告一段落。你能和我回村子里吗？”

“乐意至极。”

他拿起自己的小文件箱，我们穿过客厅打开的落地窗走出去。刚好辛西亚·默多克进来了，波洛站在一旁让她过去。

“请原谅，小姐，请等一下！”

“怎么了？”她诧异地回过头来。

“你以前给英格尔索普太太配过药吗？”

她微微涨红了脸，非常不自然地回答道：

“没有。”

“药粉呢？”

辛西亚的脸更红了，她答道：

“哦，是的，我给她配过一次安眠药粉。”

“是这个吗？”

波洛取出那个装过药粉的空盒子。

她点点头。

“你能告诉我是什么吗？索佛那？佛罗那？”

“不，这是溴化铵粉末。”

“啊，谢谢你，小姐，再见。”

我们脚步轻快地离开这幢房屋以后，我瞥了他好几眼。我以前就发现，如果有什么事让他激动了，他的眼睛就会变成猫眼一样的绿色。现在，它们正像绿宝石那样闪闪发着光。

“我的朋友，”他终于打破了沉默，“我有一个小小的主意，一个非常奇怪，也许是完全不可能的主意。不过——这个主意很恰当。”

我耸了耸肩，暗自思忖，波洛的这些胡思乱想也太多了。在这个案子中，真相无疑是简单而明显的。

“那么，盒子上的空白标签就解释得通了，”我说，“正如你所说，很简单。我真是不明白自己怎么没想到这一点。”

波洛似乎没听我讲话。

“在那儿，他们又有了另外一个发现，”他的一个大拇指猛地放到肩膀上部，向后指向斯泰尔斯，“我们上楼的时候，韦尔斯先生告诉我的。”

“发现了什么？”

“他们发现了一份英格尔索普太太的遗嘱锁在内室的书桌里，签字日期在她再婚之前，写着她的财产将留给阿尔弗雷德·英格尔索普。这一定是在他们刚刚订婚的时候写的。这让韦尔斯大吃一惊——约翰·卡文迪什也是。这份文件写在一份打印的遗嘱表格上，见证人是两个用人——不是多卡丝。”

“英格尔索普先生知道吗？”

“他说不知道。”

“对这件事我持保留意见，”我怀疑地说，“所有这些遗嘱都十分混乱。告诉我，信封上那些潦草的字是怎么帮助你发现昨天下午立过一份遗嘱的？”

波洛笑了。

“我的朋友，你写字的时候，有没有过提笔忘字的情况，忘了某个字是怎么写的了？”

“是的，经常。我觉得人人都有这种情况。”

“没错。在这种情况下，你会不会在吸墨纸的边上，或一张空白纸上，试着把这个词写一两次，看看写对了没？嗯，英格尔索普太太就是这么做的。你会发现‘possessed’[①]这个词，开始少写了一个‘s’，随后才写成了两个——正确的写法。为了确保写对，为了要弄清楚，她又试着写了一个句子，就是这个：‘I am possessed.’[②]那么，这说明了什么？这件事告诉我，英格尔索普太太昨天下午写过‘possessed’这个词，并且，因为对在壁炉里找到那张小纸片记忆犹新，于是我立刻想到有份遗嘱存在的可能性——这份文件几乎肯定包含这个单词。这种可能性被事实进一步证实。由于情况很混乱，今天早上没人打扫内室，书桌旁边有几个带着褐色泥土的脚印。这几天天气一直很不错，所以普通的靴子不会留下这么重的沉积物。

“我走到窗边，立刻看到了刚刚种下的秋海棠。花坛上的脚印和内室地板上的完全相同。而且，我也听你说过那些花是昨天下午栽的。这时我确信，有一个或者可能是两个花匠进过内室，因为花坛上有两组脚印。而且，如果

①拥有的意思。

②即“我拥有。”

英格尔索普太太只是单纯地想跟他们说话，只要站在窗户边就行了，根本不需要让他们到房间里来。所以我十分确定她立了一份新遗嘱，要让两个花匠来为她的签字做证。事实证明我的推测是正确的。”

“真是太妙了，”我不得不承认，“我必须坦白，我从那几个潦草的字里得出的结论是非常错误的。”

他笑了。

“你太放任自己的想象力了。想象力是个好仆人，也是个坏主人。最简单的解释总是最正确的。”

“还有一点——你怎么知道文件箱的钥匙丢了？”

“我之前并不知道。这是个猜测，结果证明是正确的。你注意到钥匙柄上缠着一段绞合线，这让我立刻联想到，它可能是从一个不结实的钥匙圈上拧下来的。如果钥匙丢了之后又找到了，英格尔索普太太会马上穿回钥匙串上去，但是在她那串钥匙中，我看见的很显然是一把备用钥匙，很新很亮，这让我做出假设：另外一个人把原始钥匙插进文件箱的锁眼里了。”

“是的，”我说，“不用说，肯定是阿尔弗雷德·英格尔索普。”

波洛好奇地看着我。

“你这么肯定他的罪行吗？”

“啊，当然，好像每个新情况都更加清楚地证明了这一点。”

“正相反，”波洛平静地说，“有几点对他有利。”

“哦，算了吧！”

“我是说真的。”

“我就看到一点。”

“什么？”

“昨天晚上他不在家。”

“‘猜错了！[①]’正如你们英国人所说。你选的这一点，是我认为对他不利的一点。”

“怎么回事？”

“因为，如果英格尔索普先生知道他的妻子昨天晚上会被毒死，他肯定事先安排好了夜不归宿。他的理由显然是捏造的。那我们只有两个可能性：他知道将要发生的事，或者，他的不在场是有原因的。”

“那是什么原因呢？”我疑惑地问道。

波洛耸耸肩。

“我怎么知道？肯定是不光彩的事。这个英格尔索普先生，我得说，怎么说都是个无赖——但这并不能说明他一定就是个杀人犯。”

我不服气地摇摇头。

“我们没有达成一致，呃？”波洛说，“好吧，先不说这个了。时间会证明我们谁是正确的。现在让我们来转向

①原文是“Bad shot！”

这个案子的其他方面。你对这件事怎么看：卧室所有的门都从里面锁上了。”

“呃——”我思索着，“这个需要从逻辑上来看。”

“正确。”

“我会这么说。门都是闩上的——我们的眼睛告诉我们这个——可是，地板上的蜡烛油、烧毁的遗嘱，证明了昨天晚上有人进过房间。你同意吗？”

“绝对同意。说得非常清楚。继续。”

“好，”我受到鼓舞，接着说，“进来的那个人，既不可能是通过窗户，也不可能是其他神奇的手段，由此可见，是英格尔索普太太自己从里面开门的。这更加令人相信上述那个人就是她丈夫。她给自己的丈夫开门是很自然的。”

波洛摇摇头。

“为什么她会开门？她已经闩上通往他房间的门——从她这一方面来说，此举非同寻常——昨天下午她刚刚和他激烈地吵过架。不，他会是她最后一个允许进门的人。”

“可是，门肯定是英格尔索普太太自己打开的，这一点你同意吗？”

“还有一种可能。她上床睡觉的时候，有可能忘了闩上通往过道的门，快到早上的时候，她起床后闩上了门。”

“波洛，你是认真的吗？”

“不，我没有说肯定如此，但也有可能。好了，说说另外一个问题。你怎么看待自己无意中听到的卡文迪什太太和她婆婆之间的那一小段谈话？”

“我都忘了，”我沉思着说，“这跟以前一样让人迷惑不解。完全像个谜。像卡文迪什太太这样一个高傲而又沉默寡言的女人，会这么激烈地去干涉一件跟自己不相干的事，真是不可思议。”

“正是如此。一个有教养的女人这么做，真是让人吃惊。”

“这当然很费解，”我表示赞同，“不过，这不重要，不需要考虑。”

波洛突然哼了一声。

“我都是怎么跟你说的？每件事都得考虑到。如果事实和理论相悖——让理论见鬼去吧。”

“好吧，我们会考虑的。”我气恼地说。

“没错，我们需要考虑。”

我们来到里斯特维斯小屋，波洛领我上楼来到他自己的房间。他递给我一根他自己偶尔抽一抽的细细的俄国烟。看他把用过的火柴都仔细收藏在一只小瓷壶里，我不禁被他逗乐了，烦恼瞬间消失。

波洛在敞开的窗户前面放了两把椅子，从这里可以俯瞰村子的街道。新鲜的空气吹了进来，温暖而舒服，这将会是炎热的一天。

突然，一个骨瘦如柴的年轻人引起了我的注意，他大踏步地冲上街，表情怪异——恐惧和不安奇特地混合在一起。

"看，波洛！"我说。

他向前探了探身子。

"啊！"他说，"是梅斯先生，药店的。他来这儿了。"

年轻人来到里斯特维斯小屋前，停住脚步，犹豫了一下，用力地敲起门来。

"稍等，"波洛从窗口喊道，"我来了。"

他示意我跟着他，然后迅速跑下楼打开门。

梅斯先生马上说道：

"哦，波洛先生，很抱歉打扰你，但我听说你刚从庄园回来是吗？"

"是的，我们刚回来。"

年轻人舔了舔干燥的嘴唇，表情严肃起来。

"村子里的人都在说英格尔索普老太太死得太突然，他们说——"他谨慎地压低了声音，"是毒药？"

波洛面无表情。

"只有医生才能告诉我们，梅斯先生。"

"是啊，没错——当然——"年轻人支支吾吾的，随后非常激动，紧紧抓住波洛的手臂，把声音压得很低，"告诉我，波洛先生，是不是——是不是士的宁？是不是？"

我没听清波洛是怎么回答的，不过很明显是一些模棱两可的话。年轻人离开了，波洛关上门，正好迎上我的目光。

"是的，"他严肃地点点头，"聆讯时他会出庭做证。"

我们又慢慢地走上楼。我刚想说话，波洛就打手势阻止了我。

“不是现在，不是现在，朋友。我需要思考一下。我脑子有点混乱——这可不好。”

他沉默不语地坐了十多分钟，一动也不动，除了眉毛富有表现力地动了几下，他的眼睛变得越来越绿。终于，他深深地叹了一口气。

“很好，最糟糕的时刻已然过去。现在，一切都按照类别整理好了，一个人绝不能允许自己大脑混乱。虽然案情尚未明朗——没有，因为这是一起最复杂的案件。它把我，赫尔克里·波洛，难住了！这儿有两个重要的事实。”

“是什么？”

“第一是昨天的天气情况。这一点很重要。”

“但昨天阳光灿烂啊。”我插嘴道，“波洛，你别跟我开玩笑了！”

“绝对不是玩笑。树荫处的温度表上是华氏八十度。别忘了，我的朋友，这可是解开整个迷局的关键！”

“那第二点呢？”我问。

“第二个重要的事实是，英格尔索普先生穿衣很独特，有一大把黑胡子，还戴眼镜。”

“波洛，我无法相信你是认真的。”

“我绝对是认真的，我的朋友。”

“可你说的这些都太孩子气了！”

“不，这很重要。”

“假如验尸陪审团做出了阿尔弗雷德蓄意谋杀的判决，那么你的推论会是什么？”

“这动摇不了我的推论，因为十二个傻男人① 刚好犯了同一个错误！但那种事是不会发生的。首先，乡村陪审团从不积极承担责任，尤其是当英格尔索普先生已经处于地方乡绅的位置了。另外——”他泰然地补充说，“我绝不会允许的！”

“你不允许？”

“对。”

我看着这个非同一般的小个子，又好气又好笑。他是如此自信满满。他似乎看透了我的心思，轻轻地点点头，说：

“哦，是的，我的朋友，我说到做到。”他站起身来，伸出一只手放到我的肩上，表情完全变了，泪水涌上他的眼睛，“在所有这些事情中，你知道，我想到的是那个已经去世了的可怜的英格尔索普太太。她没有得到应有的爱戴——没有。可是，她对我们比利时人非常善良——我欠她一份情意。”

我试图打断他的话，可他继续说道：

“我来告诉你吧，黑斯廷斯。如果我让她的丈夫阿尔弗雷德·英格尔索普**立刻**被捕——当我一句话就能救出他来——她永远都不会原谅我！”

---

①陪审团由十二个人组成。

第六章　聆讯

聆讯以前的这段时间，波洛在积极地活动着。他和韦尔斯先生秘密地进行了两次谈话，还去村子里长时间地漫步。他不把我当知己我已经不满了，现在连他有什么打算也猜不透，更是让我气恼。

我忽然想起他也许在雷克斯的农场做调查；星期三晚上我去里斯特维斯小屋找他的时候发现他出门了，便步行去那边的农田，希望能遇上他。但他连个人影也没有，我犹豫了一下，就去了农场。正走着，我碰见一个老农夫，他狡猾地斜睨了我一眼。

“您是从庄园来的，是吗？”他问。

“是的。我在找一个朋友，我猜他也许会走这条路。”

“一个矮个子吗？一说话就挥手？村子里的一个比利时家伙？”

“没错，”我急忙说，“这么说他来过这儿了？”

“哦，嘿，他来过这儿，一点儿没错，来过好几次咧，是您的朋友吗？啊，您这些庄园里的先生——可真多！”

他两眼更加戏谑地斜视着我。

“哦，庄园里的先生经常到这儿来吗？”我尽量装作漫不经心地问道。

他狡黠地冲我眨眨眼睛。

“有一个，先生。对不起，不知道叫什么名字。也是个慷慨的先生啊！啊，谢谢您，先生，真的。”

我快步走着。伊芙琳·霍华德是对的，一想到阿尔弗雷德·英格尔索普拿着另一个女人的钱大肆挥霍，我就感到一阵令人作呕的刺痛。作案动机是那张有趣的吉卜赛女人的脸，还是金钱那低劣的推动力？也许两者都有。

有一个问题是，波洛有个令人费解的困扰。他跟我说过一两次，他认为多卡丝肯定把吵架的时间弄混了。他曾多次向她提出她听到吵架声的时间是四点半而非四点。

可多卡丝不为所动，坚称她听到吵闹声的时候，距离她五点钟端茶给女主人，绝对有一个钟头，甚至更久。

聆讯于星期五在村子里的斯泰尔斯公共大厅里进行。波洛和我坐在一起，没有被要求做证。

初步工作已经完成。陪审团查验了尸体，约翰·卡文迪什出示了鉴定证明。

在进一步的聆讯中，他讲述了那天凌晨是如何被叫醒的，以及他母亲去世时的情形。

接下来是医疗证据。大家都屏气凝神，目光集中在那位著名的伦敦专家身上，他是现今毒理学领域最著名的权威之一。

他用几句话概括总结了验尸的结果，简要地概述了致死的原因。抛开那些医疗术语和技术性问题，他阐述了一个这样的事实：英格尔索普太太死于士的宁中毒。从她服用的剂量来看，不少于四分之三喱[①]，但也有可能是一喱或者多一点。

“有没有可能是她不小心服用了这些药？”验尸官问道。

“我得说这不太可能。士的宁不是一般的家庭用药，它和有些毒药一样，其出售是受限制的。”

“在检验过程中，你能确定毒药是如何服用的吗？”

“不能。”

“你是先于威尔金斯医生到达斯泰尔斯的吗？”

“是的。司机驾车出去，正好在庄园大门外遇见我，所以我尽快赶到了那儿。”

“你能详细地给我们讲一下之后发生了什么吗？”

“我进了她的房间。那时她正处于典型的强直性痉挛状态中。她转向我，上气不接下气地说：‘阿尔弗雷德——阿尔弗雷德——’”

“英格尔索普太太的丈夫端给她的餐后咖啡里是不是已经放了士的宁？”

①英制最小的重量单位，1 喱等于 0.0648 克。

“有可能，不过士的宁是一种毒性发作很快的药物，中毒症状一般出现在服用一两个小时之后。在特定情况下药效会减缓，不过在本案中绝对没有这种可能。我认为英格尔索普太太晚饭后八点左右喝了咖啡，然而直到第二天凌晨才出现症状，从表面上看，这说明毒药应该是在深夜服用的。”

“英格尔索普太太习惯在半夜时喝一杯可可，里面会不会放有士的宁？”

“不可能。我亲自从平底锅残留的可可中提取了样本并加以分析，里面没有士的宁。”

我听到波洛在旁边轻轻地笑了一下。

“你知道什么了？”我小声问他。

“听。”

“我应该说，”医生继续说道，“对其他任何结果我都会感到非常吃惊。”

“为什么？”

“简单来说，士的宁异常苦涩，就算稀释成一比七万的溶液也能尝出来，只有某种味道强烈的物质才能盖住这种气味。可可是没有办法做到这一点的。”

有个陪审团成员想知道这一点是不是也适用于咖啡。

“不，咖啡本身就有一些苦味，有可能会盖住士的宁的味道。”

“那么你认为更有可能的是咖啡中被人放入了毒药，

但是由于某种不明的原因，药效推迟了。”

“是的，不过，杯子已经彻底摔碎了，无法分析其包含的物质了。”

包斯坦医生做证结束。威尔金斯医生逐一证实了他的证词，并且完全否定了自杀的可能性。他说死者患有心脏病，然而在别的方面很健康，生活快乐，精神正常。她绝对不会自杀。

接下来是劳伦斯·卡文迪什。他的证词完全无关紧要，只是重复着他哥哥的话。正要下去的时候，他停顿了一下，支吾着说：

“如果允许的话，我能提个意见吗？”

他不以为然地看了一眼验尸官，对方立即回答道：

“当然，卡文迪什先生，我们来到这里是为了弄清事情的真相，欢迎提出任何可以进一步澄清事实的意见。”

“这只是我的一个想法，”劳伦斯解释道，“当然，有可能大错特错，可是我仍然觉得我母亲的死亡没有外力因素。”

“你怎么得出这个结论的呢，卡文迪什先生？”

“我母亲去世之前的一段时间里，包括临终时，都在服用一种含有士的宁的补药。”

“啊！”验尸官说道。

陪审团都饶有兴致地看着他。

“我相信，”劳伦斯继续说，“这期间的药物累积效应导致了死亡。另外，她有没有可能无意中服用了过量的药物呢？”

“这是我们第一次听到死者在生前服用士的宁。非常感谢你，卡文迪什先生。”

威尔金斯医生被传回法庭，他嘲笑了劳伦斯的想法。

“劳伦斯先生的意见是完全不可能的，任何一个医生都会这么说。在某种意义上说，士的宁是一种累积性毒药，可是它绝对不可能因为上述特性而导致突然死亡。它一定会有一个长时间的慢性症状，我会立刻注意到的。整个说法都很荒谬。”

“那第二个意见呢？英格尔索普太太会不会不小心服药过量？”

“三倍，甚至四倍的量，都不会导致死亡。英格尔索普太太总是能拿到大量的额外的药，因为她跟塔明斯特的库特药店的药剂师们很熟，然而根据解剖后发现的士的宁的含量，她必须服下了几乎一整瓶补药。”

“那你认为，不管采用何种方式，补药都不会致死，我们可以将其排除在外？”

“当然可以。这一推论非常荒谬。”

之前打断他讲话的那个陪审团成员提出，给她配药的药剂师有没有可能弄错药。

“当然，这种可能性总是存在的。”医生回答说。

可是，接着被传讯的多卡丝甚至把这个可能也排除了。英格尔索普太太近期没有配过补药，相反，她在去世那一天吃下了最后一包药。

所以，补药的问题最终被放弃了，验尸官继续进行聆讯。他从多卡丝处了解到她怎么被女主人紧急的铃声惊醒，接着叫醒了全家人，他还询问了那天下午吵架的情形。

多卡丝关于这个问题的证词，波洛和我大体上都已经听过了，所以就不再重复。

下一个证人是玛丽·卡文迪什，她站得笔直，声音低沉、清晰、从容镇定。在回答验尸官的问题时，她说她的闹钟像往常一样在四点三十分时叫了起来，她正穿着衣服，忽然被什么重物掉在地上的声音吓了一跳。

“那是床旁边的桌子吗？”验尸官补充说明。

“我打开自己的房门，”玛丽继续说，“听了一会儿。没多久，铃声大作。多卡丝跑下来叫醒我的丈夫，于是我们就去了婆婆的房间，但门闩住了——”

验尸官打断了她。

“我认为在这个问题上就不需要再麻烦你了。接下来发生的事情我们全都了解了。但是如果你能告诉我们之前一天下午你无意中听到的吵架的情况，我将不胜感激。”

“我？”

她的声音中带有一丝傲慢。她抬起一只手，整理了一下脖子上皱起来的蕾丝花边，稍稍偏了偏头。我脑海中自然而然地掠过一个念头：她在拖延时间！

“没错，我知道，”验尸官审慎地说，“我知道，当时你正坐在内室长窗外的长椅上看书，对吗？”

这对我而言是个新闻，我斜着看了波洛一眼，猜想这对他也是个新闻。

短暂的停顿，她稍事犹豫后回答说：

“对，是这样。”

“内室的窗户是敞开的，对吗？”

回答的时候，她的脸色无疑变得有些苍白：

“是的。”

“那你不可能没有听到里面的声音，况且生气时声音更响？实际上，你那个位置比在门厅里听得更清楚。”

“可能是吧。”

“你能复述一下无意中听到的吵架的事吗？”

“我真不记得听到什么了。”

“你是说你没听见吗？”

“哦，不，我听到声音了，但我没听见他们说什么。”她的面颊上出现了一层浅浅的颜色，“我没有偷听私人谈话的习惯。”

验尸官坚持说道：

“那你什么都不记得了？一点儿都不记得吗，卡文迪什太太？甚至让你意识到这是私人谈话的只言片语都没有吗？”

她停顿了一下，好像是在思考，表面仍然非常冷静。

“啊，我想起来了。英格尔索普太太说了些事——我不记得原话是什么了——关于夫妻丑闻的事。”

“啊！”验尸官满意地往后一靠，“这和多卡丝听到的相吻合。可是，请原谅，卡文迪什太太，你意识到了这是私人之间的谈话，可是却没有走开？仍待在原地？”

当她那双黄褐色的眼睛向上看的时候，我捕捉到了它们发出的转瞬即逝的亮光。我坚信就在那一刻，她很愿意把这个含沙射影的小个子律师撕个粉碎，但她仍然十分平静地说：

“不，在那儿我觉得很舒服，我正在全神贯注地看书。”

“这就是你能告诉我们的全部吗？”

“就这些。”

聆讯结束了，虽然我怀疑验尸官对此是否完全满意。我觉得他疑心如果玛丽·卡文迪什愿意，能说得更多一些。

下一个被传上来的是店员艾米·希尔，她宣誓证明曾于十七日下午向园丁助手威勒姆·厄尔出售过一份遗嘱表格。

在她后面的是威勒姆·厄尔和曼宁，为他们曾在文件上签字做证。曼宁确定时间是四点半，威勒姆认为更早一些。

接下来是辛西亚·默多克，不过她没说太多。被卡文迪什太太叫醒之前，她对这一惨剧一无所知。

“你听到桌子倒地了吗？”

“没有，我睡得很熟。”

验尸官笑了。

“问心无愧就能安稳入睡，”他说，“谢谢你，默多克小姐，就这些了。”

“霍华德小姐。”

霍华德小姐拿出了英格尔索普太太在十七日傍晚写给她的信。波洛和我当然已看过了。它对我们了解这一惨案没什么帮助。下面是副本（图五）：

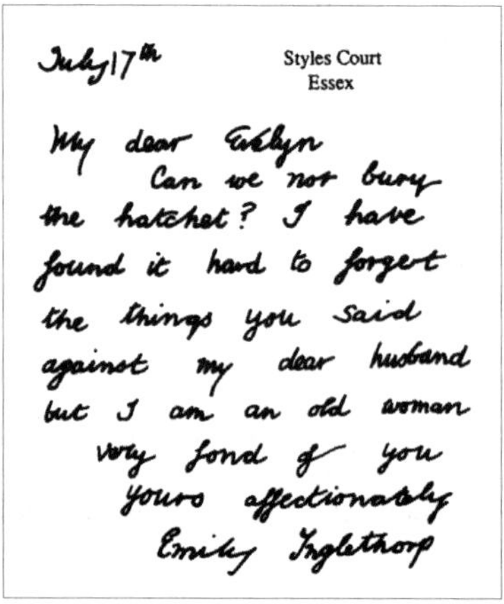
July 17th

Styles Court
Essex

My dear Evelyn
Can we not bury the hatchet? I have found it hard to forget the things you said against my dear husband but I am an old woman very fond of you
Yours affectionately
Emily Inglethorp

图五

埃塞克斯

斯泰尔斯庄园

亲爱的伊芙琳：

我们不能言归于好吗？我很难忘记你说的那些针

对我亲爱的丈夫的话，不过，我老了，我很爱你。

你的亲爱的

艾米丽·英格尔索普

7 月 17 日

此信交给了陪审团认真审议。

“恐怕这对我们帮助不多，”验尸官叹了口气，说，“这里面完全没有提及那天下午的事。”

“对我来说再清楚不过了，”霍华德小姐立刻说道，“这清楚地表明了，我可怜的老朋友刚刚发现她被愚弄了！”

“信里可不是这么说的。”验尸官指出。

“不，因为艾米丽绝对不会接受自己是错的。但是我了解她。她想让我回来。可她没打算承认我是对的。她在兜圈子。大多数人都这样。我可不相信。”

韦尔斯先生微微笑了。我注意到几个陪审团成员也笑了。霍华德小姐显然是个个性张扬的人。

“不管怎样，所有这些愚蠢的举动都是在浪费时间，”这位小姐轻蔑地上下打量着陪审团，继续说道，“说吧——说吧——说吧！我们明明一直都知道——”

验尸官忧虑而苦恼地打断了她：“谢谢你，霍华德小姐，就这样吧。”

她应允之后，我感觉验尸官似乎松了一口气。

接着，这一天最轰动的事发生了。验尸官传唤艾伯特·梅斯，药剂师的助手。

这就是那个心神不定、脸色苍白的年轻人。回答验尸官的问题时，他解释说，他是个合格的药剂师，但是新近来这家药店的，因为以前的店员刚刚应征入伍了。

这些背景介绍一结束，验尸官就开始聆讯了。

“梅斯先生，你最近有没有把士的宁卖给没有经过授权的人？”

“是的，先生。”

“什么时候？”

“这个星期一晚上。”

“星期一？不是星期二？”

“不，先生，是星期一，十六日。”

“你能告诉我们你卖给了谁吗？”

静得连根针掉在地上都能听见。

“好的，先生，我卖给了英格尔索普先生。”

所有的目光都转向了呆呆地坐在那儿、面无表情的阿尔弗雷德·英格尔索普。当这些可怕的话从这个年轻人嘴里说出来时，他稍稍吃了一惊。我猜他会从椅子上站起来，可他仍坐在那儿，虽然他的脸上呈现出一种刻意做出的惊愕表情。

“你确定自己在说什么吗？”验尸官严肃地问。

“非常确定，先生。”

“你一向都不用处方就出售士的宁吗？”

验尸官皱起了眉头，可怜的年轻人明显没了自信。

“哦，不，先生——当然不。但是，看到是庄园的英格尔索普先生，我就觉得没什么坏处。他说是要毒死一条狗。”

我内心对此很同情。讨好“庄园”只是人之常情——尤其是这会导致顾客从库特药店转移到当地药店的时候。

“购买毒药的人不是都需要在一个本子上签名吗？”

“是的，先生，英格尔索普先生签了。”

“你带本子来了吗？”

“带来了，先生。”

签字本提交了上去，验尸官严厉地指责了几句，就让可怜的梅斯先生下去了。

接着，在一片令人窒息的沉默中，阿尔弗雷德·英格尔索普被传唤上来。我在想，他是否意识到绞索离他的脖子有多近呢？

验尸官直入主题：

“这个星期一晚上，你是否为了毒死一条狗而买了士的宁？”

英格尔索普回答得非常镇定：“没有，我没买过，斯泰尔斯庄园没有狗，除了户外牧羊犬，而它现在非常健康。”

“你绝对否认这个星期一晚上向艾伯特·梅斯买过士

的字？”

“是的。”

“你也否认这个吗？”

验尸官把那个写有他签名的登记本递给他。

“我完全否认。这字迹跟我的很不一样。我写给你们看。”

他从口袋里掏出一个旧信封，在上面写下自己的名字，交给陪审团。确实完全不一样。

“那你对梅斯先生的陈述做何解释？”

阿尔弗雷德·英格尔索普泰然地回答道：

“梅斯先生一定弄错了。”

验尸官犹豫了一下，接着说道：

“英格尔索普先生，作为一个形式上的问题，你介不介意告诉我们七月十六日星期一晚上你在哪里？”

“我真的不记得了。”

“这很荒谬，英格尔索普先生，”验尸官尖锐地说，“再考虑考虑。”

英格尔索普摇摇头。

“我不能告诉你们。我想我是出去散步了。”

“朝哪个方向？”

“我真想不起来了。”

验尸官板起了脸。

“有人和你一起吗？”

“没有。”

“散步时遇到什么人没有？”

“没有。”

“真遗憾，”验尸官冷冷地说，“如果你拒绝说出梅斯先生明确地认出你去店里买士的宁的时候你在哪里，那我就只能相信梅斯的话了。”

“如果你愿意，请便。”

“说话注意点，英格尔索普先生。”

波洛紧张得坐立不安。

“该死！”他咕哝着，“这个蠢货想被抓起来吗？”

英格尔索普确实给大家留下了坏印象。他那徒劳的否认连个孩子也说服不了。不过，验尸官迅速转入了下一个问题，波洛深深地松了一口气。

“星期二下午，你是不是跟你妻子有过一次争论？”

“请原谅，”阿尔弗雷德·英格尔索普插嘴说道，“你被误导了。我没有跟我亲爱的妻子吵架。整个故事绝对是不真实的。我整个下午都不在家。”

“有没有人能给你做证？”

“我向你保证。”英格尔索普傲慢地说。

验尸官马上回答道：

“有两个证人发誓听到你和英格尔索普太太争论过。”

“那些证人弄错了。”

我很迷惑。这个人信誓旦旦的样子让我都摇摆不定了。

我看了看波洛，他脸上有种我所不能理解的得意表情。难道他终于相信阿尔弗雷德·英格尔索普的罪行了吗？

“英格尔索普先生，”验尸官说，“你在这里又听了一遍你妻子临终时说的话，你能解释一下吗？”

“当然能。”

“你能？”

“对我而言似乎很简单。那个房间光线很昏暗。包斯坦医生的身高体重跟我差不多，而且也像我那样留着胡子。在昏暗的光线下并处于痛苦之中，我可怜的妻子把他错认成了我。”

“啊！”波洛自言自语地嘀咕着，“这确实是个大胆的想法！”

“你认为他是对的？”我低语着。

“我没这么说。不过这的确是个巧妙的假设。”

“你们把我妻子临终时说的话作为一种指控，”英格尔索普先生继续说道，“相反，这正是对我的一种求助。”

验尸官沉思了一会儿，接着说：

“英格尔索普先生，那天傍晚是你亲自倒了咖啡并端给你妻子的吗？”

“我倒好了咖啡，是的，可我没有端给她。我是打算端过去的，可有人告诉我一个朋友在门厅口，所以我就把咖啡放在了门厅的桌子上。几分钟后我返回门厅，咖啡已经不在那儿了。”

这个说法真假难辨，但并没让我改变对英格尔索普的看法。不管怎么说，他都有充分的时间放毒药。

这时，波洛用胳膊肘轻轻推了我一下，指了指门旁边坐在一起的两个人。一个短小精悍，皮肤黝黑，长着一张雪貂一样的脸；另一个个子高高的，一头金发。

我疑惑地看着波洛。他的嘴巴凑近我的耳朵：

“你知道那个小个子是谁吗？”

我摇摇头。

“他是苏格兰场的探长詹姆斯·杰普——吉米·杰普。另一个人也是苏格兰场的。事情进展迅速，我的朋友。”

我目不转睛地盯着那两个人，完全看不出来他们是警察。要不是波洛告诉我，我真猜不出他们是官方人士。

我还在盯着两人，这时，传来的判决声吓了我一跳，我马上回过神来。

“某些人或不明人士的蓄意谋杀不成立。”

第七章　波洛偿还债务

我们走出斯泰尔斯公共大厅之后，波洛轻轻抓住我的手臂，把我拉到了一边。我了解他的用意。他在等那两个苏格兰场的人。

过了一会儿，他们走了出来，波洛立刻走上前，跟稍矮的那个打了个招呼。

“恐怕你不记得我了吧，杰普探长。”

“啊，波洛先生！”探长大喊，转向另一个人，“我跟你说过波洛先生吧？一九〇四年他和我在一起工作——阿伯克龙比伪造案——那人在布鲁塞尔被抓了起来。啊，那段时光真是美好，先生。还有，你记不记得阿尔塔拉‘男爵’？那个无赖流氓？他躲过了欧洲一半警察的追捕。但我们在安特卫普捉住了他——多亏这位波洛先生。”

当他们沉浸在这些友好的回忆中时，我走近一些，波洛把我介绍给杰普探长，探长也向他的同事萨默海警长介绍了我们俩。

“我都不需要问你来这儿干什么，先生。”波洛说道。

杰普狡黠地闭起一只眼。

“不，确实不用了。我得说案情已经很明朗了。”

但是波洛严肃地回答道：

“我跟你想得不一样。”

“哦，得了吧，”萨默海第一次开口说话，“事情已经真相大白了，这人被抓了个现行。真不知道他怎么这么蠢！”

但是杰普仔细打量着波洛。

“别开火，萨默海，”他诙谐地说，“我和这位先生以前就认识，我对人的判断从来没有比他快过。如果我不是错得太离谱，他早就胸有成竹了。是这样吗，先生？”

波洛微笑着。

“我得出了一些结论——是的。”

萨默海仍然显得很怀疑，可杰普却继续细细地观察着波洛。

“是这样的，”他说，“迄今为止，我们只看到了这案子的表象。这就是苏格兰场在这类案件中的劣势，而且，谋杀可以说是在验尸后才暴露的。很多答案都是根据现场的第一手资料获得的，于是波洛先生就比我们抢占了先机。要不是现场有个聪明的医生通过验尸官给我们提示，我们就不会马上赶来这儿了。但是你第一时间就到了现场，没准已经获得了一些小小的线索。根据审讯发现的证据，英格尔索普先生谋杀了他的妻子，就像我站在这儿一样毫无疑问。如果除了你之外的其他任何人有何反对性的暗示，我肯定会当面嘲笑他。我必须承认，对于陪审团没有立刻判他蓄意谋杀罪，我感到很惊讶。我觉得他们有这个想法，如果不是因为验尸官——看样子他阻止了他们。”

“也许吧，不过，现在你的口袋里有一张逮捕令吧。”波洛说。

杰普那富于表现力的脸立刻换上了一副木然的官僚表情。

“我可能有，也可能没有。”他冷冷地说。

波洛若有所思地看着他。

“我希望他不会被逮捕，先生。”

“大概吧。”萨默海挖苦道。

杰普凝视着波洛，神情既困惑又滑稽。

“你能进一步解释一下吗，波洛先生？就算眨眨眼点点头也好。当时你在现场——你知道，苏格兰场可不想犯一丁点儿错。”

波洛严肃地点点头。

“这正是我所想的。嗯，我会告诉你们。使用你的逮捕令：逮捕英格尔索普先生。但这对你们的名誉没有一点儿好处——关于他的立案会立即撤销！没错！”

他意味深长地打了个响指。

杰普神色凝重起来，萨默海则怀疑地哼了一声。

而我则惊讶得说不出话来。我只能断定波洛疯了。

杰普掏出一块手帕，轻轻擦了擦额头。

“我不敢这么做，波洛先生。我会听从你的意见，但是我的上司会问我在搞什么鬼。你能不能再和我多说一点点？”

波洛考虑了一会儿。

“可以。”他终于开口了，“我承认我不想说，是你强迫我说的。现阶段我更愿意秘密工作，不过你说得很对——属于比利时警察的时代已经过去了，他们说的话是不够的。然而阿尔弗雷德·英格尔索普不能被逮捕。我发过誓，我的这位朋友黑斯廷斯知道。那么，我亲爱的杰普，你即刻去斯泰尔斯吗？”

“这个，大约半小时后。我们先去找验尸官和那位医生。”

“好。顺便叫上我——在村子最深处的那所房子。我和你们一起去。在斯泰尔斯庄园，英格尔索普先生会向你们证明，或者如果他拒绝——有这个可能——我会给你满意的证据证明案件将不再继续针对他。成交吗？”

“成交。”杰普痛快地说，“并且，我代表苏格兰场深深地感谢你。虽然我必须承认，目前我看不到证词中可能存在的最微小的漏洞，但你一直是个奇迹！那么再见了，先生。”

两个侦探大步走开了，萨默海怀疑地咧嘴笑着。

“嘿，我的朋友，”我还没张嘴说话，波洛就大叫着，

“你是怎么想的？上帝呀！我在法庭上急得都出汗了。我无法想象这人会这么顽固，什么都不肯说。显然，这是个愚蠢的策略。”

“哼，除了愚蠢，还有别的解释，”我说，“如果对他的指控是正确的，除了沉默，他还能怎样为自己辩护？”

“哎呀，有一千种巧妙的方法呢，”波洛大声说，“瞧，如果说我犯下了这桩谋杀案，我能想出七个最合理的故事！远远比英格尔索普先生那冷酷的拒绝更有说服力！”

我忍不住笑了起来。

“我亲爱的波洛，我相信你能想出七个来！不过，说真的，暂且不论我听到的你和那两个侦探说的话，你肯定不会还相信阿尔弗雷德·英格尔索普是清白的吧？”

“为什么和以前不同？什么都没变。”

“可证据不容置疑。”

“没错，太不容置疑了。”

我们走进里斯特维斯小屋的大门，登上已然熟悉的楼梯。

“是的，是的，太不容置疑了。”波洛几乎是自言自语般地继续说道，“真正的证据通常都是模糊的，无法令人满意的。它需要被检查——筛选详查。但这里的整件事都已成定局。不，我亲爱的朋友，这些证据都被巧妙地捏造，太巧妙了，反而让自己的计划落了空。”

“你是怎么想的？”

“因为，只要不利于他的证据是模糊和难以确定的，那就很难反驳。不过，罪犯过于急躁，那张网拉得太紧了，以至于一个疏漏就能放走英格尔索普。”

我沉默了。过了一两分钟，波洛接着说：

“我们来看看这件事。假设有个人准备毒死他的妻子。就像俗话说的，他靠耍小聪明过日子。那他应该有些小聪明，不完全是个笨蛋。那么，他是怎么准备的？他大胆地去村子里的药店用自己的名字买士的宁，还捏造了一个必定被证明是荒谬的关于一条狗的故事。那天晚上他没有下毒。不，他一直等到和妻子大吵一架之后，这样全家人都知道了，并且自然而然地全都怀疑他。他没打算辩护——连借口都没有。他还知道药店的店员肯定会说出这个事实。呸！我可不相信有人会这么白痴！只有疯子想绞死自己，才会这么干！”

“我还是——不明白——”我开口道。

“我也不明白。我跟你说，我的朋友，我很迷惑。我——赫尔克里·波洛！”

“但如果你相信他是清白的，你怎么解释他买了士的宁？”

“很简单，他没买。”

“可梅斯认出了他！”

“请原谅，他看到了一个像英格尔索普先生的人，长着黑胡子，戴着眼镜，穿着同样引人注目的衣服。他无法认出一个可能只在远处看见过的人，因为，你还记得吧，他来村子里才两个星期，而英格尔索普太太主要是在塔明斯特的库特药店取药。”

“所以你认为——”

“我的朋友，你还记得我曾经强调过的两个事实吗？先不说第一个，第二个是什么？”

“重要的事实是英格尔索普先生的衣着很独特，有一大把黑胡子，还戴眼镜。”我引用了他的话。

“完全正确。现在假设有人想冒充约翰或者劳伦斯，容易做到吗？”

“不容易，”我若有所思地说，“当然一个演员——”

但是波洛冷冷地打断了我的话。

“为什么不容易冒充？我会告诉你的，我的朋友：因为他们俩的脸刮得都很干净。要成功地在大白天扮成这两个人中的一个，需要具有演员的天赋，还要有相似的脸部轮廓。但是说到阿尔弗雷德·英格尔索普，情况就全变了。他的衣服、他的胡子，还有挡住眼睛的眼镜——这些都是他外表惹人注目的地方。那么，罪犯的第一本能是什么？转移自己的嫌疑，不是吗？最好的办法是什么？把嫌疑扔给别人。在这种情况下，他得预备好一个人。每个人都倾向于相信英格尔索普先生是有罪的，他受到怀疑也是意料之中的事，但是，为了让事情更有把握，就要有确凿的证据——比如他真的去买药了，而且，扮成像英格尔索普先生这样外表独特的人并不难。记住，年轻的梅斯从来没有真正地跟英格尔索普先生说过话，他怎么会怀疑这个穿着他的衣服、长着他的胡子、戴着他的眼镜的人，不是阿尔弗雷德·英格尔索普？”

“也许是这样，”我被波洛的口才给迷倒了，“但如果那样的话，他为什么不说出星期一傍晚六点钟他在哪儿呢？”

“啊，为什么？”波洛平静下来，说道，“如果他被捕了，可能就会说了，可我不希望走到那一步。我必须让他看到自己处境的严峻性。当然，他沉默的背后有一些丢脸的事。即使没有谋杀他的妻子，他仍然是一个恶棍，并且隐瞒了一些谋杀以外的事情。”

“会是什么呢？”我思索着，暂时同意了波洛的观点，但仍然隐隐地认为那个明显的推论就是正确的。

“你猜不出来吗？”波洛笑着问。

“猜不出来。你能吗？”

“哦，是的，不久前我有个小想法，并且结果已经证明是正确的。”

“你从没告诉过我。”我有些责怪地说道。

波洛抱歉地摊开双手。

“请原谅，我的朋友，你绝对不会认同的。”他诚恳地转向我，“告诉我——你现在觉得他不应该被捕吗？”

“可能吧。”我迟疑地说，因为我真的一点儿也不关心阿尔弗雷德·英格尔索普的命运，并且我觉得使劲吓一吓他也没坏处。

波洛专注地看着我，叹了口气。

“算了吧，我的朋友，”他换了个话题，“不说英格尔索普先生，你怎么看审讯中的证词？”

“哦，基本都在我的意料之中。”

“你没感到有什么古怪吗？”

我的思绪飘向了玛丽·卡文迪什，对这个问题闪烁其词：“哪方面？”

“唔，例如劳伦斯·卡文迪什先生的证词？”

我松了口气。

“哦，劳伦斯！不，我没这么想，他一向都是个紧张的家伙。”

“他说他母亲可能是因为吃补药而意外中毒，你不觉得奇怪，嗯？”

“不，我不觉得。医生当然会嘲笑这个说法，但是作为一个外行人，这么想是很自然的。”

“但劳伦斯先生不是外行。你亲口告诉过我他开始学的是医学，还获得了学位。”

“是的，没错。我从没想过这一点。”我很是吃惊，“是很古怪。”

波洛点点头。

“首先，他的举止很特别。他是全家人中唯一能认出士的宁中毒症状的人，而且我们还发现他是唯一坚持自然死亡观点的人。如果是约翰先生，我就能理解。但是劳伦斯先生——不！那么，今天，他所提出的意见，他自己也知道是非常荒谬的。这很值得思考，我的朋友。”

“的确令人费解。”我同意。

“还有卡文迪什太太，”波洛继续说道，“这是另外一个没有说出自己所知全部事实的人。你怎么看她的态度？”

“我不清楚。她应该是在保护阿尔弗雷德·英格尔索普，真是无法想象。然而看起来就是这样。”

波洛深思着点点头。

“是的，这很可疑。有一件事可以肯定，她无意中听到的‘私人对话’远远多于她愿意承认的。”

“而且，她还是最没有可能弯腰偷听的人。”

“完全正确。她的证词向我表明了一件事。我犯了个错误。多卡丝很对。那天下午争吵发生的时间比较早，大约是四点钟，就像她所说的。”

我好奇地看着他，一直想不通他为什么这么看重吵架的时间。

“是的，今天冒出来很多稀奇古怪的事。”波洛继续说，“包斯坦医生，那天早上在那个时间，怎么就穿戴整齐了呢？我很惊讶没人评论这件事。”

“我相信他失眠。”我含糊地说。

“这是一个很好或者很糟的解释，”波洛说，“它涵盖了一切，却什么也没说。我会盯着我们聪明的包斯坦医生。”

“证词中还找出了什么错误？”我讥讽地问。

“我的朋友，”波洛严肃地说，“当你发现人们没有对你说实话——当心！现在，除非我是大错特错，今天的聆讯中只有一个人，最多两个人，没有保留或者欺骗地说了实话。”

“哦，得了吧，波洛，我就不列举劳伦斯或者卡文迪什太太了，但是约翰，还有霍华德小姐，他们说的肯定是真话吧？”

“他们两个人，我的朋友？一个，我承认，但是两个——”

他的话带给我一种不愉快的冲击。霍华德小姐的证词虽然不重要，但说得如此直截了当、坦率明确，这让我从未怀疑过她的真诚。然而，我非常敬重波洛的判断力——除了我把他描述成“愚蠢的猪头”的时候。

“你真的这么认为吗？”我问，“霍华德小姐似乎一向对我都很诚实——诚实得我都快不安了。”

波洛好奇地看了我一眼，我完全没领会到其中的含义。他想说些什么，不过忍住了。

“默多克小姐也是，”我接着说了下去，“她没有什么不诚实的。”

“是没有，不过，她睡在隔壁却一点儿动静也没听到，这很奇怪；而卡文迪什太太，在房子的另外一边，却清楚地听见桌子倒地了。”

“呃，她还年轻，并且睡得正酣。”

“啊，没错，确实！她肯定是个著名的冬眠动物，就是那个！”

我不是很喜欢他那种腔调，可就在这时，一阵有节奏的敲门声传进我们的耳朵里。我们朝窗外看了看，发现两位侦探正在下面等着我们。

波洛抓起帽子，使劲捻了捻胡子，仔细地弹了弹袖子上想象中的灰尘，示意我走在他前面下了楼，和两个侦探一起前往斯泰尔斯庄园。

我觉得两个苏格兰场的人的出现是个很大的震动——尤其对约翰来说，虽然判决之后他显然意识到这只是一个时间问题。然而，侦探的到来，跟其他事情相比，能让他看到更多的真相。

一路上，波洛都在和杰普低声地商议着，这个公职人员要求全家人，除了用人，都要在客厅集合。我明白这其中的意思。这是让波洛兑现自己说的大话。

我是不自信的。也许波洛有绝好的理由相信英格尔索普的清白，但是让像萨默海这种类型的人相信需要有确凿的证据，我怀疑波洛能否提供。

我们所有人陆续走进客厅没多久，杰普就关上了门。波洛彬彬有礼地为每个人摆好椅子。大家把目光都集中在苏格兰场的这两个人身上。我觉得这是我们第一次认识到这件事不是一场噩梦，而是真真切切的现实。我们读过这样的事情，现在，我们自己成了这场戏的表演者。明天，全英国的日报都会用显眼的大字标题把这一消息宣扬出去：

埃塞克斯神秘惨案

阔绰太太中毒身亡

还会有斯泰尔斯庄园的照片，以及“全家人接受聆讯”的快照——村子里的摄影师可不会闲着的！所有这些事都被读过数百次，只是发生在别人而非自己身上。而现在，在这所房子里，发生了一桩谋杀。在我们前面的是“接手此案的侦探们”。在波洛讲话之前的空当里，我脑海中飞快地闪过一些众所周知的油腔滑调的术语。

我想每个人都会有点奇怪，首先开口说话的是他，而不是那位官方侦探。

“女士们，先生们，”波洛说着鞠了一躬，好像是发表演说的名人，“我请大家一起来到这儿，是为了某个问题。而这个问题，跟阿尔弗雷德·英格尔索普先生有关。”

英格尔索普独自坐在那儿——我觉得，大家都会不自觉地把椅子搬得离他远点——波洛说到他名字时，他微微吃了一惊。

“英格尔索普先生，”波洛直接对他说，“一片浓黑的阴影正笼罩在这幢房子上——谋杀的阴影。”

英格尔索普悲伤地摇摇头。

“我可怜的妻子，”他低声说道，“可怜的艾米丽！太可怕了。”

“我认为，先生，”波洛尖锐地说，“你没有充分意识到这会有多么可怕——对你而言。”看到英格尔索普像是没有理解这话，他补充道，“英格尔索普先生，你正处于极大的危险之中。”

两个侦探一副坐立不安的样子。我看见那句官方警告“你说的每句话都将作为呈堂证供”一直徘徊在萨默海的嘴唇上。波洛继续说道：

“现在你明白了吗，先生？”

“不明白。你说的是什么意思？”

“我是说，”波洛审慎地说道，“你被怀疑毒死了自己的妻子。”

这句开诚布公的话让每个人都有些透不过气来。

“天哪！”英格尔索普大喊着惊跳起来，“多么可怕的想法！我——毒死我最爱的艾米丽！”

“我认为——”波洛仔细打量着他，“你没有充分意识到聆讯时你证词中的不利因素。英格尔索普先生，听完我现在跟你说的这些之后，你是否还拒绝说出星期一下午六点钟你在哪里吗？”

英格尔索普哼了一声，跌坐回椅子里，脸埋进双手中。波洛走过去，站在他旁边。

“说！”他大声威胁道。

英格尔索普的脸费力地从手中抬了起来，然后他慢慢地、从容地摇了摇头。

“你不说？”

“我不会说的。我不相信每个人都这么可怕，指控我犯下了你所说的事。”

波洛若有所思地点点头，似乎心意已决。

“那好，”他说，“我必须替你说了。”

英格尔索普又站了起来。

“你？你怎么能说？你不知道——”他忽然打住了。

波洛转向众人：“先生们，女士们，我说了。听着！我，赫尔克里·波洛，肯定那个星期一下午六点走进库特药店购买士的宁的人，不是英格尔索普先生，因为星期一下午六点的时候，英格尔索普先生正从邻近的农场送雷克斯太太回家。我可以提供不少于五个证人证实在六点或六点刚过时，看到他们在一起，你们也知道，艾比农场，也就是雷克斯太太的家，距离村子至少两英里半。这绝对可以证明英格尔索普先生不在犯罪现场。”

第八章　新疑点

一阵愕然的沉默。杰普，我们之中最为镇定的人，第一个发言了。

“哎呀，”他大声说道，“你真厉害！确确实实，波洛先生！我猜，你的这些证人都没问题吧？”

“瞧！我准备好了他们的名单——姓名和地址。你当然得去见见他们，不过你会发现这没问题的。”

“我深信这一点。”杰普压低声音，“我非常感激你。他差一点儿就要因为这种无稽之谈而被捕了。”他转向英格尔索普，“但是，请原谅，先生，聆讯的时候你为什么不肯说出这些？”

“我会告诉你原因，”波洛抢过话头说道，“有个谣言——”

“一个存心不良、纯属虚假的谣言。”阿尔弗雷德·英格尔索普激动地打断了他。

“而英格尔索普先生不希望眼下再有谣言四起，对吗？”

“就是这样。”英格尔索普点点头，“我可怜的艾米丽还没入殓，我非常不想再有这种骗人的传言，你对此感到惊奇吗？”

“跟你相比，先生，”杰普说，“我宁愿有大量的传言，也不愿意因谋杀而被捕。我甚至冒昧地认为你那可怜的太太也是这么想的。如果不是波洛先生在这儿，你已经被捕了，毫无疑问！”

“我真的很蠢，”英格尔索普喃喃地说，“可你不知道，探长，我是怎样被迫害和中伤的。”他狠狠地瞪了伊芙琳·霍华德小姐一眼。

“那么，先生，”杰普轻快地转向约翰，“我想看看英格尔索普太太的卧室，之后我会和用人聊一聊，不必麻烦你了，波洛先生在这里会给我带路的。”

所有人都走出房间以后，波洛转过身示意我跟他上楼。到了那儿，他抓住我的手臂，把我拉到一边。

“快点儿，到房间的另一侧去，站在那儿——就在羊毛毡门这一边。我过去之前不要动。”然后他迅速转身跟上了那两个侦探。

我按照他的指示，在毛毡门旁站好，纳闷他这个要求的背后究竟是什么意思。为什么我得在这个指定的地方守着呢？我若有所思地看着眼前这条走廊，产生了一个想法：除了辛西亚·默多克，其他人的房间都在左边这一侧，是否跟这一点有关？我要不要报告有谁进出？我忠实地守在自己的位置。几分钟过去了，没有人来，什么也没发生。

大约二十分钟后，波洛过来了。

“你没动吧？”

“我固若磐石。什么事也没有。”

“啊。”他是高兴还是失望？“你什么都没看到？”

“没。”

“但没准你听到什么了？猛地一撞——嗯，朋友？”

“没听到。”

“有可能吗？啊，我是自寻烦恼！我向来不算笨的，只做了个轻微的手势——”我了解波洛的手势，“用左手，掀倒了床边的桌子！”

他像个孩子一样苦恼、垂头丧气，我连忙安慰他：

“没关系，老朋友。有什么要紧的呢？你刚刚在楼下获得的胜利还让你余兴未尽。我可以告诉你，那让我们所有人都很吃惊。英格尔索普和雷克斯太太之间一定有更多不为我们所知的事，这让他守口如瓶。现在，你打算怎么办？苏格兰场那两个家伙呢？”

“下楼询问用人们去了。我向他们出示了我们所有的证据。我对杰普很失望。他束手无策！”

“喂！”我望着窗外，说道，“包斯坦医生在这儿！我相信你对他的看法是正确的，波洛。我不喜欢他。”

“他是个聪明人。”波洛深思着，说道。

“哦，聪明得像魔鬼！我得说，星期二他的那个样子，真让我喜出望外。你一定没见过这种奇观。”我向他描述了一遍医生的冒险，“他就像田地里标准的稻草人！从头到脚都是泥巴。”

“当时你看到他了？”

“对。当然，他不想进来——正好是晚饭时间——不过英格尔索普先生坚持请他进来。”

“什么？”波洛用力抓住我的肩膀，“星期二傍晚包斯坦医生在这儿？而你从来没告诉过我？你为什么不告诉我？为什么？为什么？”

他就像疯了一样。

“亲爱的波洛，”我劝他，“我从来没想到你会对这个感兴趣，我不明白这有什么重要的。”

“有什么重要？这是最重要的！这么说，包斯坦医生星期二晚上在这儿——谋杀那晚。黑斯廷斯，你不明白吗？这改变了一切——一切！”

我从未见过他如此烦躁。他松开了抓住我的手，机械地摆弄着一对烛台，嘴里仍然喃喃自语着：“没错，改变了一切——一切。”

忽然间，他好像做出了个决定。

“好吧，”他说，“我们得马上行动。卡文迪什先生在哪儿？”

约翰在吸烟室。波洛直接去找他了。

“卡文迪什先生，我在塔明斯特有些重要的事。一个新线索。我可以用你的车吗？”

“哦，当然。你是说现在吗？”

“劳驾。”

约翰按铃吩咐司机把车开过来。十分钟后，我们驾车经过公园，开上了去塔明斯特的公路。

“现在，波洛，”我顺从地说，“你能告诉我是怎么回事了吗？”

“哦，朋友，你自己也能猜出不少。当然，你也知道，英格尔索普先生解脱了，整个局势都变了。我们面对的是一个全新的问题。我们目前知道的是有个人没有去买毒药。我们已经摒除那些捏造的线索。对于那个真正的凶手，我可以确定的是，除了当时正跟你打网球的卡文迪什太太，这个家里其他任何人都有可能在星期二傍晚假扮成了英格尔索普先生。同样，我们听他说过他把咖啡放在门厅里。聆讯时没有人过多地注意这件事——但是现在此事意义非同一般。我们必须找出究竟是谁把咖啡端给了英格尔索普太太，或者咖啡放在那儿时谁经过门厅了。就你所说，我们可以断定只有两个人没有走近咖啡——卡文迪什太太和辛西亚小姐。”

“没错，是这样的。”我心底感到一阵难以言说的轻松，玛丽·卡文迪什当然不应该承受这种怀疑。

“为了撇清阿尔弗雷德·英格尔索普的干系，我不得不提前摊牌。只要罪犯认为我仍然咬着他不放，就有可能放松警惕。然而现在，他会更加小心。没错——加倍小心。”他忽然转向我，“告诉我，黑斯廷斯，你自己——有没有怀疑过谁？”

我犹豫了。说实话，一个疯狂的想法曾经在那天早上在我脑海中闪过那么一两次。我努力想甩掉这个荒谬的念头，可仍然挥之不去。

“不能说是怀疑，”我咕哝着说，“那太愚蠢了。”

“说吧，”波洛鼓励地催促我，“别害怕，说出你的想法。你必须留意自己的直觉。”

“既然这样，”我脱口而出，“虽然荒谬——但是我怀疑霍华德小姐没有说出她知道的所有事情。”

“霍华德小姐？”

“是的——你会嘲笑我的——”

“当然不会，我为什么要笑你？”

“我似乎觉得，”我像犯了什么错误似的继续说道，“我们把她从可能的嫌疑人中排除了，单凭她已经离开了这个地方。但是，毕竟，她只有十五英里远。汽车半小时就能到。我们能断定谋杀那晚她没在斯泰尔斯吗？”

“是的，我的朋友，”波洛出人意料地说，“我们能。我当时首先就给她工作的医院打了电话。”

“哦？”

“嗯，我了解到，星期二，霍华德小姐值下午班，而且——忽然来了一大批病人——她体贴地提出继续值夜班。这个建议被欣然接受。就是这样。”

“哦，”我不知所措地说，“是这样。”我继续说道：“她异常激烈地指控英格尔索普，引起了我的怀疑。我不禁觉得她事事针对他。所以我想她也许知道一些关于烧毁的遗嘱的事。没准她错把它当成之前那份有利于他的遗嘱，所以烧掉了。她是这么的恨他！”

“你认为她激烈得反常吗？”

“是——的。她太过激了。我真是怀疑在这件事上她还有没有理智。”

波洛用力摇摇头。

“不，不，你想错方向了。霍华德小姐不是低能，也不是智力退化，她是个体力和智力都十分正常的优秀典范。她的头脑很清楚。”

“然而她恨英格尔索普恨得已近乎疯狂。我的想法是——毫无疑问很可笑——她打算毒死他，而在某种情况下，英格尔索普太太误服了毒药。可我完全想不明白是怎么做到的。我的整个想法都荒谬滑稽至极。”

“你仍然说对了一件事。怀疑每一个人，加以逻辑验证，证明他们无罪，直到自己满意为止。这么做从来都是明智的。现在，阻止霍华德小姐蓄意毒死英格尔索普太太的理由是什么？”

“为什么！她对她很忠诚！”我惊叫道。

“哎哎！”波洛着急地大声说，“你喊得像个孩子。如果霍华德小姐有本事毒死这个老太太，也能装出一副忠诚的样子。不，我们必须看看其他方面。你的假设完全正确，她对阿尔弗雷德·英格尔索普的反感已经强烈到了不正常的地步，但你由此得出的结论却是大错特错的。我已经得出了自己的推论，我相信是正确的，但现在我不会说出来。”他顿了顿，接着说，“现在，我认为，说霍华德小姐是杀人犯还有一个不可逾越的阻碍。”

“是什么？”

“英格尔索普太太的死对霍华德小姐没有任何好处。不存在没有动机的谋杀。”

我思索着。

“英格尔索普太太会不会写了一份有利于她的遗嘱？”

波洛摇摇头。

“可你自己不是跟韦尔斯先生说过这种可能性吗？”

波洛笑了。

“那是有原因的。我不想提到我心中真正所想的那个人名。霍华德小姐处于十分相似的位置，所以我用她的名字代替了。”

“英格尔索普太太可能写过，呃，她去世那天下午写的遗嘱可能——”

可是波洛的脑袋晃得那么用力，我只好打住。

“不，朋友，我对那份遗嘱有自己的一点想法，但我只可以告诉你这么多——对霍华德小姐没什么好处。”

我接受了他的保证，虽然我没有真正弄明白他何以如此肯定。

“那好吧，”我叹了口气说，“那我们得宣判霍华德小姐无罪了。我对她有过怀疑，多少也得怪你。都是因为你对她在聆讯中的证词做的评论。”

波洛一脸不解。

“关于她聆讯中的证词，我说了什么？”

“你忘了吗？当时我指出她和约翰·卡文迪什无可怀疑。”

“哦——啊——是的。”他有点儿狼狈，不过很快恢复了正常，“还有，黑斯廷斯，我想请你为我做一件事。”

“没问题。是什么？”

“下一次你有机会和劳伦斯·卡文迪什单独在一起时，我希望你跟他这么说：‘波洛让我捎个口信给你。他说，如果找到另外的那只咖啡杯，你就能放心了。’别多说也别少说。”

“‘找到另外的那只咖啡杯，你就能放心了。’是这样吗？”我大为惊奇地问道。

“很好。”

“但这是什么意思？”

“啊，我会让你自己找出答案。你有机会接近真相的。就跟他说这些，看看他有什么反应。”

“好吧——可真是太神秘了。”

这时，我们开进了塔明斯特，波洛将车开到“化学分析家”的公司门口。

波洛轻快地跳下车，走了进去。几分钟之后他又回来了。

“啊，”他说，“该做的已经做完了。”

“你在那儿干什么？”我十分好奇地问道。

“我拿了点东西去化验。”

“我知道。不过，是什么呢？”

“我从卧室平底锅里拿的可可样品。”

“可是已经化验过了呀！”我惊讶地大声说，“包斯坦医生化验过了，你自己还嘲笑可能含有士的宁的这一说法呢！”

“我知道包斯坦医生化验过了。”波洛平静地回答道。

“既然这样？”

“唔，我想再化验一下。就是这样。”

我再也没能从他嘴巴里问出别的话来。

关于可可这件事，波洛的举动令我大为困惑，觉得毫无道理可言。尽管如此，我依然相信他，虽然这种信心曾经减弱过，但自从他对阿尔弗雷德·英格尔索普是清白的这一坚持得以成功印证之后，它又完全恢复了。

英格尔索普太太的葬礼在第二天举行，而在星期一，我下楼吃早饭时，约翰把我拉到一边，告诉我英格尔索普先生这天早上要离开庄园住到公共议事厅去，直到这场风波平息。

“想到他要离开，真是极大的欣慰，黑斯廷斯。”我那诚实的朋友继续说道，“以前我们认为是他做的，这已经够糟糕了；但是现在事情变得更糟，我们都为跟这家伙过不去而感到内疚。事实是，我们对他态度十分恶劣。因为过去的线索确实指向他。我知道没有人会指责我们这么武断地给一个人下结论的。不过，我们还是错了，我们觉得应该做出补偿，可这太难了。大家还是和从前一样讨厌他。该死的，整件事都糟透了！我很感激他明智地选择离开。斯泰尔斯庄园没有留给他真是一件好事。真是无法忍受这家伙在这里。他就是看上了她的钱。”

“你能维持好这个地方吗？”我问。

“哦，是的。当然，要交遗产税，可是我父亲有一半的钱留给这个地方，而且，目前劳伦斯还和我们住在一起，所以还有他的份儿。当然，一开始我们会比较拮据，因为，就像我之前跟你说过的，我自己经济上有点亏空，那些家伙仍在等着呢。”

英格尔索普就要离开的消息让大家感到释然。我们享用了一顿惨剧发生以来最为惬意的早饭。辛西亚，这个年轻姑娘的精神自然高涨，看上去又恢复了从前的状态。除了劳伦斯仍然一副忧郁紧张的样子，我们大家都很快活，呈现在眼前的是崭新而充满希望的未来。

自然，报纸上充斥着关于这一惨剧的报道。吸引眼球的标题，每个家庭成员的简要介绍，微妙的暗示，还有平时大家所熟悉的结束语：“警方已经掌握了线索。”我们无一幸免。那是一段不景气的日子，战争暂时凝滞，报纸咬住上流社会这种犯罪中的贪婪不放，“斯泰尔斯庄园奇案”就是当下的话题。

这自然令卡文迪什一家十分厌烦。记者们不停地围攻庄园，虽然被禁止入内，但他们继续出没在村子之中，带着相机等待着任何一个不留神的家庭成员。我们全都生活在关注的暴风之中。苏格兰场的人来了又走，调查、盘问，目光锐利，口气冷淡。我们不知道他们最终得出了什么结论，他们是否有了线索，还是整件事情仍没有进展？

早饭后，多卡丝神秘兮兮地走过来问我她能否跟我说几句话。

“当然。什么事，多卡丝？”

“哦，是这样，先生。您今天会见到那位比利时先生吗？”

我点点头。

“哦，先生，您知道他特意问了我，我的女主人或其他人是不是有一件绿衣服。”

“对，对。你发现了一件？”这引起了我的兴趣。

“不，不是这样的，先生。不过后来我记起少爷们——”多卡丝仍然称呼约翰和劳伦斯为“少爷”，“有个

‘化装箱’，在前面的阁楼里，先生。是个大柜子，装满了旧衣服和花哨的衣服什么的。我忽然想到里头可能有件绿衣服。所以，如果您告诉比利时先生——”

“我会告诉他的，多卡丝。”我答应了。

“非常感谢您，先生。他是一位非常好的绅士，先生。他打听、询问事情的时候，跟那两个伦敦来的侦探完全不同。通常我不怎么接受外国人，可是从报纸上我了解到，这些勇敢的比利时人都是不一般的外国人，而且他确实是个说话和善的先生。”

亲爱的老多卡丝！她站在那儿，仰着诚实的脸望着我，我觉得她就是那些正在快速消失的旧时女佣的绝好代表。

我认为得立即去村子里找波洛，不料在半路就遇见了正赶往庄园的他，于是我马上转告了多卡丝的口信。

“啊，这个勇敢的多卡丝！我们去看一看那个柜子，虽然——不过没关系——我们仍然会检查的。”

我们经由一扇落地窗进到屋子里，门厅里一个人也没有，于是我们直接上了顶楼。

果然，那儿有个大柜子，是个上好的旧式柜，上面点缀着铜钉，里头是满满一柜子能想象得到的各种类型的服装。

波洛毫不留情地把每件衣服都拽出来扔在地板上，有一两件颜色深浅不一的绿色织物，可是波洛看完后摇摇头。他看起来对这次搜查有点冷淡，似乎预料到不会有什么大发现了。忽然，他惊叹一声。

“那是什么？”

“看！”

柜子几乎已经空了，就在底部，有一把华丽的黑胡子。

“啊哈！”波洛说，“哇！”他把胡子拿在手里翻来覆去仔细检查了一番，“新的，”他说，“是的，很新。”

他犹豫了一会儿，又把它放回柜子里，像原来那样把所有的衣服都堆在上面，然后迅速走下楼。他径直走向食品储藏室，在那儿我们找到了忙着擦拭银器的多卡丝。

波洛像高卢人那样礼貌地向她问候早上好，然后说道：

“我们已经仔细检查过那个柜子了，多卡丝。我很感激你提起这件事，里面确实收集了很多东西。我能问问，他们经常使用那些东西吗？”

“哦，先生，现在不怎么用了，虽然我们会时不时地有那种少爷们称作‘化装之夜’的活动，有时候很有趣的，先生。劳伦斯先生棒极了！好笑极了！我永远都不会忘记他装扮成波斯查[①]下楼来的那个晚上，我想他是这么叫的——一个东方国王之类的。他手里拿着一把纸做的大刀，跟我说：‘小心，多卡丝！你得对我恭敬点，这是我特别锋利的弯刀，要是你惹我不高兴了，它就会叫你脑

①应为波斯沙，波斯国国王，多卡丝发音错误。

袋不保！’辛西亚小姐，大家都叫她‘阿帕切’一类的名字——我认为是个法国式的割喉强盗。她看起来真像那么回事。你根本想不到她那样一个年轻漂亮的小姐会把自己扮成一个这样的流氓。谁也没认出她来。”

“这些晚会肯定很有趣，”波洛亲切地说，“我猜劳伦斯扮成波斯查的时候，戴着楼上柜子里的那把漂亮的黑胡子吧？”

“他确实有胡子，先生。”多卡丝微笑着回答道，“这我可清楚，他跟我借了两团黑色的羊毛线做胡子呢！而且我敢说，离得稍远一点儿看，就跟真的一样。我一点儿也不知道楼上还有一绺胡子，我想肯定是最近才放进去的。我知道那儿有顶红色的假发，就再没其他样式的假发了。他们经常用烧焦的软木——虽然洗起来很脏。有一次，辛西亚小姐装成一个黑人，哦，可真是个灾难。”

“看来，多卡丝不知道胡子的事。”我们走到大厅里的时候，波洛若有所思地说道。

“你觉得这就是那把胡子吗？”我急切地小声问道。

波洛点点头。

“是的。你有没有注意到它被修剪过了？”

“是吗？”

“是的。严格按照英格尔索普先生的胡子形状剪的，而且我发现了一两根剪掉的毛发。黑斯廷斯，这案子可深奥着咧。”

“真奇怪，是谁放进柜子里的？”

“是很聪明的人，”波洛冷冰冰地说，“你能注意到他在房子里挑了一个这么不显眼的地方来藏东西吗？没错，他很聪明。但我们必须更聪明。我们必须聪明得让他一点儿都感觉不到我们这么聪明。”

我默默表示同意。

“啊，朋友，你对我的帮助将会很巨大。”

听到这番赞扬我很是高兴。以前我总觉得波洛没能欣赏我真正的价值。

“没错，”他深思般地盯着我，继续说道，“你很宝贵。”

这自然令人满意，可波洛下面的话就不那么令人开心了。

“这房子里我得有个盟友。”他深思熟虑地观察着。

“你有我呢。”我抗议道。

“没错，可你还不够。”

我受到了伤害，而且表现了出来。波洛连忙解释说：

“你没有完全明白我的意思。大家都知道你和我一起工作。我需要一个各方面都跟我们没有联系的人。”

“哦，我明白了。约翰怎么样？”

“不，我觉得不行。”

“这位亲爱的朋友也许不够聪明。”我有所顾虑地说。

“霍华德小姐来了，”波洛忽然说道，“她就是那个人。但自从我帮英格尔索普先生脱罪以后，她对我就没什么好感了。不过我们还可以试试。”

霍华德小姐象征性地点点头，勉强同意跟波洛谈几分钟。

我们走进小起居室后，波洛关上了门。

“那么，波洛先生，”霍华德小姐不耐烦地说，“什么事？说吧。我很忙。”

“你是否还记得，小姐，我曾请你帮我的忙？”

“是的，我记得。”女士点点头，“而且我跟你说过，我很愿意帮你——绞死阿尔弗雷德·英格尔索普。”

“啊！”波洛严肃地打量着她，“霍华德小姐，我想问你个问题，请你如实地回答我。”

“我从不说谎。”霍华德小姐说。

“是这样。如今你仍然相信英格尔索普太太是被她丈夫毒死的吗？”

“你什么意思？”她尖刻地问，“你别以为你那套漂亮的说辞会影响到我。我承认去药店买士的宁的人不是他。那又怎样？我敢说，他浸了毒蝇纸，就像我一开始跟你说的那样。”

“那是砒霜——不是士的宁。”波洛温和地说。

“那有什么关系？砒霜照样能杀死可怜的艾米丽。反正我确信是他干的，至于他是怎么做到的跟我一点儿关系也没有。”

“确实是这样。既然你确信是他干的，”波洛平静地说，“我想换一种方式提出我的问题。在你内心深处，究竟相不相信英格尔索普太太是被她丈夫毒死的？”

“天哪！”霍华德小姐大喊着，“我不是一直跟你们说他是个坏蛋吗？我不是一直跟你们说他会把她杀死在床上吗？我不是一直对他恨之入骨吗？”

“没错，”波洛说，“这完全证实了我的一个小想法。”

“什么小想法？”

“霍华德小姐，你还记得我的朋友来这儿时和你的一场对话吗？他告诉了我，其中你说的一句话让我印象深刻。你断言，如果有犯罪行为发生，任何一个你所爱的人被谋杀，你一定能凭直觉就知道谁是罪犯，就算你完全不能证明，你还记得吗？”

“没错，我记得是这么说的，也相信是这样。难道你认为这是胡说吗？”

“当然不。”

“可是你完全忽视了我对阿尔弗雷德·英格尔索普的直觉吧？”

“是的，”波洛简短地说，“因为你的直觉跟英格尔索普先生无关。”

“什么？”

“是的。你想相信他犯了罪。你相信他有能力犯此罪行。但是你的直觉告诉你他没有犯罪。你的直觉告诉你更多——我要继续说吗？”

她失神地盯着他，稍稍做了个表示肯定的手势。

“可否允许我来告诉你，你为何总是这么强烈地憎恨英格尔索普先生？因为你试图相信那些你想要相信的事。因为你在努力淹死、扼杀你的直觉，而你的直觉告诉你另外一个名字——”

“不，不，不！”霍华德小姐挥舞着双手，失控地喊道，“别说！哦，别说！这不是真的！这不可能是真的！我不知道我脑子里怎么会有如此疯狂——如此可怕的——想法！”

“我说得对还是不对？”波洛问。

“没错没错，你一定是个能掐会算的巫师。但不可能是这样——这太怪异了，太不可思议了。肯定是阿尔弗雷德·英格尔索普。”

波洛严肃地摇摇头。

“别问我这件事了，”霍华德小姐接着说，“因为我不会说的。我不会承认的，哪怕对我自己。想到这种事，我会发疯的。”

波洛点点头，好像很满意。

“我不会再问你了。事情正如我所料，这就已经足够了。而且我——我也有种直觉。为了共同的目标，我们将一同工作。”

“别请我帮助你，因为我不会帮的。我一点儿忙都帮不上……上……”她结巴着说。

“你会不由自主地帮助我的。我不会勉强你——但是你会是我的盟友。你会帮助我们的。我只希望你去做一件事。”

“那是什么？”

“静静地观察！”

伊芙琳·霍华德低下了头。

“是的，我忍不住那么做。我一直看着——一直希望我是错的。”

“如果我们错了，也好，”波洛说，“没人会比我更高兴。但如果我们是对的呢，霍华德小姐，那时你会站在谁的一边？”

“我不知道，我不知道——”

“好吧。”

“不要声张这件事。”

“没有必要保密。”

“可艾米丽她——”她打住了。

“霍华德小姐，”波洛严肃地说，“你不该这样。”

忽然，她仰起埋在手中的脸。

“是的，”她平静地说，“这可不是伊芙琳·霍华德说的话！”她猛地把头骄傲地向上一甩，“这才是伊芙琳·霍华德！她要站在正义的一边！无论付出多大代价！”说着，她坚定地走出了房间。

“看看！”波洛看着她的背影说，“多么有价值的一个盟友。这个女人，黑斯廷斯，既有头脑又热心。”

我没有回答。

“直觉是一种了不起的东西，”波洛沉思着，“既不能解释，也无法忽略。”

“你和霍华德小姐好像都知道你们在说什么，”我冷冷地说，“也许你还没意识到我仍然被蒙在鼓里。”

“真的？是这样吗，我的朋友？”

“没错，教导教导我吧，行吗？”

波洛用心地打量了我一阵子。接着，令我极为吃惊的是，他坚决地摇了摇头。

“不行，我的朋友。”

“哦，瞧你，为什么不行？”

“一个秘密两个人知道就够了。”

“呃，我觉得对我保密是很不公平的。”

“我没有保密。你清楚我所知道的每一个事实。你可以从中得出自己的推论。这次，是个思考的问题。”

“可我还是有兴趣知道。”

波洛极为诚恳地看着我，又摇了摇头。

“瞧，”他忧伤地说，“你没有直觉。”

“现在你需要的是智力。”我指出。

“这两者往往联系在一起。”波洛高深莫测地说。

这句话听起来似乎完全不相关，我甚至懒得回答。但是我决定，如果我发现了什么有趣而重要的事——毫无疑问我会的——我也要守口如瓶，用最终的结果让波洛大吃一惊。

坚持自我有时也是一个人的责任。

第九章　包斯坦医生

我一直都没有机会把波洛的口信带给劳伦斯。但是现在，我在草坪上散步的时候——仍然对我的朋友的专横跋扈感到不满——看见劳伦斯在槌球草坪上，正漫无目标地敲击着几只老式槌球，手上的木槌更为老式。

我想到，这是个传递消息的好机会。否则，波洛可能就把我撇在一边了。我确实没能猜透其中含义，不过我想，通过劳伦斯的回答，加上我的一点儿有技巧的盘问，就很快能察觉其意义的。想到这儿，我很高兴，便走上前跟他搭讪起来。

“我一直在找你呢。”我撒了谎。

“你找我？”

“没错。其实，我有个口信要捎给你——波洛的。”

“是吗？”

“他让我等到和你单独在一起时再说。”我把声音压得极低，眼角全神贯注地盯着他。我相信，我一向擅长制造所谓气氛。

“嗯？”

黝黑而忧郁的脸上没有任何表情的变化。对我下面要说的话他有什么想法吗？

“是这样的，”我的声音仍然压得很低，“‘找到另外的那只咖啡杯，你就能放心了。’”

“究竟是什么意思？”劳伦斯十分惊讶地盯着我，表情诚恳。

“你不知道吗？”

“一点儿也不明白。你呢？”

我只好摇了摇头。

“什么另外的咖啡杯？”

“我不知道。”

“要是他想知道有关咖啡杯的事，最好去问多卡丝，或者其他女佣，这是她们的工作，不是我的。我对咖啡杯的事一无所知，不过，我们弄到过几个永远也用不了的，真是妙不可言！出自老伍斯特①。你不是鉴赏家，对吧，黑斯廷斯？”

我摇了摇头。

“你错过了很多东西啊。这么说来实在太可惜了，真正完美的古老瓷器——摸一下，甚至只是看一眼，也是一种纯粹的享受。”

①英格兰中部历史名城，十八世纪中叶以后开始生产瓷器，至今仍著名。

“呃，我要跟波洛怎么说？”

“告诉他，我不知道他说的是什么意思。对我来说莫名其妙。”

“好吧。”

我朝房子走过去的时候，他忽然把我叫了回来。

“我说，那口信的结尾是什么？再说一遍，行吗？”

“‘找到另外的那只咖啡杯，你就能放心了。’你确实不知道这是什么意思吗？”我认真地问他。

他摇摇头。

“不知道，”他沉思地说，“我不明白，我——我希望我明白。”

一阵当当的敲锣声从屋里传了出来，我们便一同走进去。波洛接受了约翰留下吃午饭的邀请，并且已经坐在了桌旁。

大家都心照不宣，跟惨剧有关的事都是禁止提及的。我们谈论战争，以及其他话题。不过，吃过一轮甜点，多卡丝离开房间之后，波洛突然向卡文迪什太太探过身子。

“请原谅，夫人，这个时候提起一些不愉快的回忆，但是我有个小想法——”波洛的“小想法”都快成为他的口头禅了，“想问一两个问题。”

“问我？当然可以。”

“你真是和蔼又亲切，太太。我想问的是：辛西亚小姐房间通向英格尔索普太太房间的那扇门，你说是闩着的吗？”

“确实是闩着的，”玛丽·卡文迪什有点吃惊地回答道，“聆讯时我就是这么说的。”

“闩着的？”

“是的。”她看起来有些困惑。

“我是说，”波洛解释道，“你确定门是闩着的，不仅仅是锁上了？”

“哦，我明白你的意思了。不，我不知道。我说闩着，意思是说它关得紧紧的，我打不开，不过我相信，所有的门都从里面闩上了。”

“那么，就你所知，那门没准会是锁着的？”

“哦，是的。”

“你有没有注意到，太太，你走进英格尔索普太太房间的时候，那门闩没闩？”

“我——我认为是闩着的。”

“但你没看到？”

“是的。我——没看。”

“但是我看到了，”劳伦斯突然插了进来，“我碰巧注意到门*确实是*闩上的。”

“啊，那就解决了。”波洛垂头丧气起来。

我不禁暗自高兴，这次，他那个“小想法”失败了。

午饭后，波洛请我跟他一起回家。我不太情愿地答应了。

“你生气了是吗？”我们穿过园子时，他着急地问。

“没有。”我冷冷地说。

“那就好，那就解除了我思想的大负担了。”

这并非我的本意。我原本希望他会注意到我语气中的生硬。可他那热情的语言平息了我的不快。我释然了。

“我把你的口信带给劳伦斯了。”我说。

“他说了什么了？他完全惊呆了吧？”

“是的，我肯定他一点儿也不明白你的意思。”

我原本以为波洛会失望，然而令我吃惊的是，他回答说，这在他意料之中，他很高兴。我的自尊禁止我再问任何问题。

波洛换了个话题。

“今天吃午饭的时候辛西亚小姐不在这儿吧？怎么啦？”

“她又去医院了。今天她恢复上班了。”

“啊，她真是个勤劳的小姑娘。还那么漂亮。她就像我在意大利见过的那些画。我很想去她的药房看看。你觉得她会让我参观吗？”

“她肯定会很愿意的。那是个有趣的小房间。”

“她每天都去那儿吗？”

“她星期三休息，星期六回来吃午饭。那是她唯一的休假时间。”

“我会记住的。现在女人都在从事伟大的工作，辛西亚小姐很聪明——啊，是的，她很有头脑，这个小姑娘。”

“是的，我相信她已经通过了很严格的考试。”

“毫无疑问，毕竟这是个责任重大的工作。我想，她们那儿也有很厉害的毒药吧？”

“是的，她给我们看过，都锁在一个小橱柜里。我相信他们都得万分小心，离开药房时，都要交出钥匙。”

“当然，靠近窗户吗，那个小橱柜？”

“不，在房间的另一边。怎么了？”

波洛耸耸肩。

“只是有点好奇。你要进来吗？”

我们已经到了他的小屋前。

“不，我想我这就回去了。我想绕远路从树林里走。”

斯泰尔斯庄园周围的树林很美丽。在开阔的园林漫步之后，懒洋洋地在林中空地上闲逛，更让人心情舒畅。几乎一丝风也没有，鸟儿的啁啾声也是轻柔的。我漫步在一条小路上，最后坐在一棵繁茂而古老的山毛榉脚下。我对人类的看法是仁慈而宽容的，我甚至原谅了波洛那荒谬的秘密。其实，我与这世界和睦相处。然后，我打了个哈欠。

我想到了那起犯罪，它的虚幻和遥远让我忽然感到震惊。

我又打了个哈欠。

我想，它也许从未真正发生过。当然，这只是一场噩梦。事情的真相是劳伦斯用长柄木槌杀死了阿尔弗雷德·英格尔索普。然而约翰却如此大惊小怪，真是荒谬。他甚至大喊道："我告诉你我不允许发生这种事！"

我一下子惊醒过来。

我马上意识到自己处于一种非常尴尬的境地。因为，在离我大约十二英尺远的地方，约翰和玛丽·卡文迪什正面对面站着，而且显然是在吵架。很明显，他们不知道我就在附近，因为在我走过去或者说话之前，约翰重复了一遍那句把我从梦中惊醒的话。

"我告诉你，玛丽，我不允许发生这种事！"

玛丽冰冷而清澈的声音传了过来：

"你有什么资格批评我的行为？"

"这将成为村子里谈论的话题！我母亲星期六才刚下葬，你就在这儿跟这个家伙闲逛！"

"哦，"她耸耸肩，"如果你介意的只是村子里的流言就好了！"

"但不是这样的。我已经受够了那个到处闲逛的家伙！不管怎么说，他是个波兰犹太人！"

"拥有犹太人的血统并不是一件坏事情。这为——"她看了看他，"那些普通英国人的冷漠愚蠢平添了很多生趣。"

她双眼似火，声音如冰。血色像深红色的潮汐般涌上了约翰的脸，这并未让我吃惊。

"玛丽！"

“怎么？”她的语气依旧。

他的声音中没有了恳求的意味。

“我想知道，你是不是要违背我的意愿继续去找包斯坦？”

“如果我能选择。”

“你公然反抗我吗？”

“不是，但是我不认为你有批评我行为的权利。难道你就没有我不喜欢的朋友吗？”

约翰后退了一步，脸上的颜色慢慢消退了。

“你是什么意思？”他颤抖地说道。

“你知道！”玛丽平静地说，“你知道。不是吗？你没有权利指挥我选择我的朋友！”

约翰恳求地看了她一眼，脸上有种受挫的表情。

“没有权利？我没有权利，玛丽？”他跌跌撞撞地说道，伸出了双手，“玛丽——”

有那么一会儿，我觉得她动摇了，在她脸上出现了一种柔和的表情，然后，她猛地转过身。

“不！”

她走了，约翰追上去，抓住了她的手臂。

“玛丽——”此时，他的声音非常平静，“你爱上了那个包斯坦吗？”

她犹豫了，突然，她脸上闪过一种奇怪的表情，还和以前一样，然而里面掺杂了一些全新的东西。大概，埃及斯芬克斯就这么笑过吧。

她平静地从他的手臂中抽出手，转过头来说：

“也许吧。”说完之后，她迅速穿过小空地走了，只留下约翰一个人像块石头那样，呆呆地立在那儿。

我有意招摇地走上前，把枯枝踩得噼啪作响。约翰转过身来。幸好，他想当然地以为我刚到这儿。

“你好，黑斯廷斯。你把那个小个子的家伙安全送回小屋了吗？真是个有趣的小家伙！不过，他真的那么有本事吗？”

“在他那个时代，他被认为是最好的侦探之一。”

“嗯，好吧，我猜这其中也是有一定道理的。可是现在的情况糟透了！”

“你是这么想的？”

“上帝啊，可不是。首先就是这件可怕的事。苏格兰场的那些人从屋子里进进出出，像个玩偶匣子[①]！不知道他们下次会在哪儿出现！这个国家每份报纸上都是耸人听闻的大标题——所有的记者都该死！你知道，今天早上有一大群人盯着庄园的大门往里看，就像不用花钱参观杜莎夫人蜡像馆似的。太过分了！”

“振作点儿，约翰！”我温和地劝他，“不会一直都这样的。”

①打开盒子即跳出一个奇异小人的玩具盒。

“不会吗？它会一直拖得我们再也抬不起头来。”

“不不，你只是被这个问题弄得有点不正常而已。”

“足以让一个人犯病了。不管去哪儿都被那些可恶的记者跟踪，被嘴巴大张的圆脸白痴盯着！可还有更糟的事。”

“什么？”

约翰的声音低了下去：

“你有没有想过，黑斯廷斯——对我而言是个噩梦——谁做的？有时候我忍不住想这肯定是个意外。因为——因为——谁会这么做？如今，英格尔索普已经被排除了，没有其他人了；没人了——我是说，除了——我们中的一个。”

是的，没错，对每个人来说都是一场噩梦！我们中的一个？没错，肯定是这样，除非——我脑子中跳出一个新想法。我飞快地思索着。思路清晰起来。波洛那神秘的举动，他的暗示——全中！我真傻，以前居然没想到过这种可能性。这对我们所有人都是个解脱。

“不，约翰，”我说，“不是我们中的一个。怎么会？”

“我明白，可，还有谁呢？”

“你能猜到吗？”

“猜不出来。”

我警觉地看看四周，压低声音说道：

“包斯坦医生！”我对约翰耳语。

“不可能！”

“完全可能！”

“可他究竟能从我母亲的死亡中得到什么利益呢？”

“这我不明白，”我承认道，“但我告诉你这一点：波洛是这么想的。”

“波洛？他这么想？你怎么知道？”

我告诉他，当波洛听说在那个致命的夜晚，包斯坦医生在斯泰尔斯庄园时，他异常激动。然后补充道：

“他说了两遍：‘这改变了一切！’我一直在琢磨这件事。你知道，英格尔索普不是说过他把咖啡放在门厅里了吗？就在那时，包斯坦到了。有没有可能，英格尔索普带他穿过门厅时，这个医生顺带地在咖啡里放了点什么东西？”

“唔，”约翰说，“这很冒险啊。”

“没错，但有这个可能性。”

“再说，他怎么知道这就是她的咖啡？不，老兄，我觉得这不成立。”

但我想到了另外一件事。

“你说得很对。他不是这样做到的。你听我说。”然后，我告诉他波洛拿着可可样品去做了化验。

约翰打断了我的话。

“但是，听我说，包斯坦已经给它做过化验了！”

“是的，是的，这就是关键。我到现在都没见过它！

你不明白吗？包斯坦化验过了——这就是问题的关键！如果包斯坦是凶手，那么，把样品换成普通的可可送去化验再简单不过了！他们当然没发现含有士的宁！但是没有人会想到去怀疑包斯坦，或者再采集另外一份样品——除了波洛！”我补充道，带着一份迟来的认知。

“好吧。可是可可掩盖不了苦味又怎么说？”

“呃，我们只听他这么说过。而且还有另外的可能性。他是公认的世界上最伟大的毒物学家之一——”

“世界上最伟大的什么之一？再说一次。”

“他比任何人都懂毒药，”我解释说，“呃，我的想法是，也许他发现了某种方法可以使士的宁没有味道，或者那根本就不是士的宁，而是某种没人听说过的不明药物，它可以产生同样的症状。”

“啊，没错，可能是这样，”约翰说，“可是，他怎么够得着可可呢？它不在楼下呀！”

“是，是不在楼下。”我极不情愿地承认道。

随后，忽然间，一种可怕的可能性在我脑海中一闪而过。我希望并祈祷约翰可不要也这么想。我斜着眼看了他一下，只见他困惑地皱着眉头，于是我如释重负般深深地吸了口气，因为那个闪过我脑海的可怕的念头是：包斯坦医生可能有个同伙！

然而还无法肯定！像玛丽·卡文迪什这么美丽的女人不可能是个杀人犯。可以前也听说过美女下毒的事。

我忽然想起我刚到那天喝茶时的第一次谈话，说到毒药是女人的武器时她眼中闪烁的微光。在那个致命的星期二的晚上，她又是多么不安！是不是英格尔索普太太发现了她和包斯坦之间的事，并威胁要告诉她的丈夫？难道犯下这种罪行就是为了阻止这个丑闻曝光？

之后我想起了波洛和伊芙琳·霍华德那场神秘兮兮的对话。他们指的就是这个吗？这是否就是伊芙琳怎么都不愿去相信的可怕的可能性？

没错，全中。

怪不得霍华德小姐提议“不要声张”，现在我明白了她没说完的那句话：“艾米丽她——”而且我心里也是赞同她的。英格尔索普太太宁可咽下这种仇恨，也不愿意让这可怕的耻辱笼罩在卡文迪什这个姓氏上。

“还有件事，”约翰忽然说道，他那意外的声音让我开始内疚起来，“让我怀疑你所说的是否是真的。”

“什么事？”我问，庆幸他已经不再想毒药怎么能放进可可这个话题了。

“嗯，是包斯坦医生要求尸检的事。他原本是不需要这么做的。小个子威尔金斯很乐意把死因归为心脏病。”

“是啊，”我迟疑地说，“但我们不知道。也许他觉得从长远来看这更为安全。也许有人会事后发难，那时候内政部可能会命令挖掘尸体，整件事就会暴露，那么他就处于一种很尴尬的境地中，因为没有人会相信他这样一个名声在外的人会误诊成心脏病。”

“没错，有可能，”约翰承认道，“可是，”他又说，“我要是知道他的动机是什么就好了。”

我打了个冷战。

“听我说，我说的也许全都是错的。而且，记住，所有这些要保密。”

“哦，当然——不用你说我也知道。”

我们一边走一边谈论着，这会儿我们经由一扇小门来到了花园里。不远处传来了说话的声音。茶点已经端出来摆在美国梧桐树下，就在我刚来那天的那个地方。

辛西亚从医院回来了，我把椅子放在她的旁边，并且告诉她波洛想去参观药房。

“没问题！欢迎他参观！他最好找一天去那儿喝茶。我一定给他泡好。他是个可爱的小个子男人！可他真有趣。那天，他让我从领结上取下胸针，再戴回去，他说因为没戴正。”

我笑了。

“他对此很狂热。”

“哦，是吗？”

我们沉默了一会儿，辛西亚朝玛丽·卡文迪什的方向瞥了一眼，压低声音说道：

“黑斯廷斯先生。”

“怎么了？”

“喝完茶之后，我想跟你谈谈。”

她对玛丽的那一瞥让我陷入了沉思，觉得这两个人之间似乎不太融洽。这让我第一次为这个女孩的前途而担忧。英格尔索普太太根本没有为她的未来做任何准备，不过我想约翰和玛丽大概会坚持让她跟他们住在一起——无论如何也得到战争结束以后。我知道约翰很喜爱她，如果让她离开他会难过的。

约翰刚刚进了屋子里，这会儿又出现了，那温厚的脸上呈现出一种不寻常的表情，他生气地皱着眉。

“那些可恶的侦探！我不明白他们在找什么！他们在这房子里的每个房间——里里外外上上下下乱翻一气！简直糟透了！我猜他们是趁我们外出的时候弄的。下次见到杰普那家伙，我要好好问问他！”

“一群刨根究底的人！”霍华德小姐哼着说。

劳伦斯认为他们这是在装腔作势。

玛丽·卡文迪什什么也没说。

喝完茶后，我邀请辛西亚去散步，之后我们就溜达进了树林里。

“怎么了？”当树叶像幕布那样把那些偷窥我们的目光隔开之后，我问道。

辛西亚叹了口气，一屁股坐了下来，扔掉帽子。阳光透过树枝，把她那红褐色的头发变成了金灿灿的黄色。

“黑斯廷斯先生，你总是这么善良，还懂得那么多。”

这一刻，我觉得辛西亚真是一个迷人的女孩儿！比那个从来没说过这种话的玛丽迷人得多！

“怎么了？”在她犹豫的时候，我温和地问道。

“我想听听你的建议。我该怎么办？”

“怎么办？”

“你知道，艾米丽阿姨总是说他们会提供我的生活所需。我猜她是忘了或者没想到她可能会死——不管怎样，他们不管我了！所以我不知道该怎么办。你认为我应该马上离开这儿吗？”

“天哪，不要！我肯定他们不想跟你分开的！”

辛西亚犹豫了片刻，小手摆弄着小草。接着她说：“卡文迪什太太想。她讨厌我。”

“讨厌你？”我吃惊地喊出了声。

辛西亚点点头。

“是的。我不知道为什么，但她无法容忍我。他也是。”

“你错了，”我亲切地说，“相反，约翰很喜欢你。”

“哦，是，约翰是的。我是说劳伦斯。当然，我不在乎劳伦斯是不是讨厌我。可是，没人爱是很可怕的，对吗？”

“但是他们爱你，亲爱的辛西亚，”我诚恳地说道，“我确定你是错的。瞧，约翰，还有霍华德小姐——”

辛西亚忧伤地点点头：“没错，我觉得约翰喜欢我，当然还有艾维，用她那生硬的方式，她不是无情的人。可是劳伦斯从未对我说过他能否帮我，而玛丽更是难得对我客气。她想让艾维留下，请求她留下，可她不想要我，所以——所以——我不知道该怎么办。”这个可怜的孩子忽然哭了起来。

我不知道是什么让我着了魔。也许是她的美丽，她坐在那儿，阳光照耀在她的头顶；也许是遇到一个显然与此悲剧无半点关系的人时释然的感觉；也许是对她青春和孤单的真诚的怜悯。总之，我探身向前，握住她的一只小手，笨拙地说：

“嫁给我吧，辛西亚。”

无意之中我找到了止住她眼泪的万灵妙药。她立刻坐起身，抽回自己的手，有点粗鲁地说：

“别犯傻了！”

我有些气恼。

“我没犯傻。我是在问是否有此荣幸娶你为妻。”

让我吃惊的是，辛西亚放声大笑，还叫我“有趣的亲爱的人”。

“你真是太贴心了，”她说，“可你知道你不想娶我！”

“不，我想，我有——”

“不管你有什么。你不是真的想——而且我也不想。”

“哦，当然，算了，”我生硬地说，“但我不认为有什么好笑的。求婚不好笑。”

“确实不。”辛西亚说，“下次可能就会有人接受你了。再见，你已经让我很开心了。”

然后，她扑哧一下笑出了声，转眼便消失在了树林里。

我深刻地反省了一下这次见面，觉得很是不满。

我忽然觉得应该去村子里看看包斯坦，应该有人监视这家伙，并且，他也许知道自己被怀疑了，因此，减少他的疑虑是明智的。我想到波洛十分相信我的外交能力。因此，我走到了窗口嵌着“公寓”字样纸牌的小屋前面，轻轻地敲了一下门。

一位老妇人出来打开了门。

“下午好，”我和气地说，“包斯坦医生在吗？”

她盯着我。

“你没听说吗？”

“听说什么？”

“他的事。”

“他的什么事？”

“他被带走了。”

“带走了？死了？”

“不，被警察带走了。”

“警察！”我透不过气来了，“你是说他们逮捕了他？”

“是的，是这样，而且——”

我没等她说完，便拔腿跑去村子里找波洛了。

第十章　逮捕

令我极为烦恼的是波洛不在，而给我开门的那个比利时老伯告诉我，他去伦敦了。

我惊呆了。波洛到伦敦去干什么啊！他是突然决定的，还是几小时前离开我时就下定决心了呢？

我有些烦恼地折回斯泰尔斯。波洛离开了，我不太确定该如何行动。他是否已经预见到了这次逮捕？是他导致了这次逮捕吗？我无法回答这些问题。在这期间我要做些什么呢？我应不应该在斯泰尔斯公开逮捕的消息？虽然我不肯对自己承认，但关于玛丽·卡文迪什的想法一直压在我心头。对她会不会是个可怕的打击？现在，我完全否定了对她的怀疑。她可能并未牵涉其中——不然我肯定会听到一些风声。

当然，不可能永远瞒着她包斯坦医生被捕的事，这消息会在第二天出现在每一份报纸上。然而我还是担心自己会脱口说出来。要是能看到波洛，我就可以问问他的意见了。是什么事让他这么莫名其妙地突然赶往伦敦呢？

不知不觉中，我更加赞赏波洛的睿智了。要不是波洛给我灌输了这种想法，我做梦也不会疑心这位医生的。没错，这个小个子男人显然很聪明。

考虑一番之后，我决定和约翰推心置腹，让他见机行事，来决定是否公开这件事。

我向他透露这个消息时，他吹了一声惊人的口哨。

“天哪！那你是对的了。可我现在都无法相信。”

“你习惯了就不那么吃惊了，而且这样一来，每件事都说得通了。现在，我们该怎么办？当然，明天所有人就都知道了。”

约翰想了想。

“没关系，”最后他说道，“现在我们什么也不用说。没必要。像你说的，人们很快就会知道的。”

但让我极为吃惊的是，第二天一早下楼，我急切地打开报纸时，却发现关于这次逮捕只字未提！只有一个全都是废话的专栏《斯泰尔斯毒杀案件》，便再没什么了，真是让人费解，不过我猜，由于某个原因，杰普不想让它见报。这让我有些担心，因为这说明很有可能还会有进一步的逮捕行动。

早饭后，我打算去村子里看看波洛是否已经回来了；然而在我出发之前，一张熟悉的面孔挡住了其中一个窗口，一个熟悉的声音说道：

“早啊，我的朋友！”

“波洛！”我如释重负般地喊了起来，抓住他的双手拉他进屋，“我看到任何人都没有这么高兴过。听我说，除了约翰，我对谁都没有说过什么。这样做对吗？”

“我的朋友，”波洛回答道，“我不知道你在说什么。”

“当然是包斯坦医生被逮捕的事。”我不耐烦地说。

“这么说，包斯坦医生被捕了？”

“你不知道吗？”

“完全不知道。”顿了顿，他又说，“不过，这并没有让我吃惊，毕竟我们离海岸只有四英里远。”

“海岸？”我疑惑地问，“跟这有什么关系？”

波洛耸耸肩。

“当然，这是显而易见的。”

“我不明白啊。很可能是我太愚笨了，可我看不出接近海岸跟英格尔索普太太的谋杀有何关系。”

“当然没有关系，”波洛笑着回答说，“可我们正在谈论的是包斯坦医生的被捕啊。”

“嗯，他因为谋杀英格尔索普太太而被捕——”

“什么？”波洛大喊，显然非常吃惊，“包斯坦医生因为谋杀英格尔索普太太而被捕？”

“是啊。”

“不可能！这肯定是一场精彩的闹剧！是谁告诉你的，我的朋友？”

“呃，没有人明确告诉过我，”我承认道，“但他就是被捕了。”

“哦，是的，很有可能。但那是因为他从事间谍活动，我的朋友。”

“间谍活动？”我透不过气来了。

“一点儿没错。”

“不是因为毒死英格尔索普太太？”

“除非我们的朋友杰普神经错乱了。”波洛泰然自若地回答道。

“可是——可是我以为你也是这么认为的。”

波洛看了我一眼，眼神中包含着一种吃惊的遗憾，还有认为这种想法是十分荒谬的神情。

“你是说，”我说，慢慢地调整自己适应这种新想法，“那个包斯坦医生是个间谍？”

波洛点点头。

“你是不是从来都没有怀疑过这一点？”

“我想都没想过。”

“你不觉得奇怪吗，一个著名的伦敦医生把自己埋没在这样一个小村子里，整晚整晚衣着整齐地漫步？”

“没有，”我承认说，“我从未想过这种事。”

“当然，他是个德国人，”波洛若有所思地说，“虽然他在这个国家工作了很久，人人都以为他是个英国人。十五年前，他加入英国国籍。一个非常聪明的人——当然，是犹太人。”

“无赖！”我愤怒地喊着。

“当然不是。相反，他是个爱国者，想想他遭受的损失吧。我很佩服这种人。”

但是我可不会用波洛那套哲学理论看待此事。

“这个人，就是一直和卡文迪什太太在村子里闲逛的那个人！”我愤然叫道。

“没错。我想是因为他发觉她很有用，”波洛说，“只要这些流言蜚语把他们的名字连在一起，那人们就不会注意这位医生的其他诡异行为了。”

“那你觉得他从未在乎过她吗？”我着急地问——也许，在此情形下，过于着急了一些。

“那个，当然，我说不好，不过——我要不要告诉你我的个人意见，黑斯廷斯？”

“是的。”

“好吧，是这样的：卡文迪什太太不喜欢他，她对包斯坦医生没有一丝喜欢。”

“你真是这么认为的？”我掩饰不住开心地问。

“我非常确定这一点，而且我会告诉你原因。”

“是什么？”

“因为她心有所属，我的朋友。”

“哦！”他是什么意思？一阵沁人心脾的温暖不由自主地席卷了我的全身，我不是那种一说到女人就自负的男人，但是我想到某些迹象，之前没有仔细想过，可它们似乎的确表明——

我那些愉快的念头被霍华德小姐的突然闯入打断了。她匆匆环视了一下四周，确保房间里没有其他人，然后飞快地拿出一张旧的牛皮纸，递给波洛，还嘟囔了这么一句神秘的话：

“在衣橱顶上。”接着便匆匆离去了。

波洛急切地打开这张纸，满意地感慨了一声。他把它铺在桌上。

“过来，黑斯廷斯，现在，告诉我，首字母是什么：J还是L？”

这是一张中等大小的纸，布满灰尘，看样子放置一段时间了，但是上面的标签引起了波洛的注意。上面盖有公司的印戳，百盛——那个著名的戏剧服装公司，寄给“埃塞克斯，斯泰尔斯郡，斯泰尔斯庄园，(首字母仍有争议)卡文迪什先生”。

“可能是T或L，”我研究了一会儿之后说，“肯定不是J。”

“很好。”波洛回答道，又把纸折了起来，“我和你想的一样，是L！”

“这纸从哪儿来的？”我好奇地问，“重要吗？”

“一般吧。这证实了我的猜测。我推测到这张纸存在，便让霍华德小姐去找，结果，你看到了，她找到了。”

“她说‘在衣橱顶上’是什么意思？”

“她是说，”波洛飞快地回答，“她在一个衣橱顶上找到了它。”

“放在这么奇怪的地方。”我深思着说。

“一点儿也不奇怪。衣橱顶上是放牛皮纸和纸箱最合适的地方了。我自己就把它们放在那儿。排列整齐，不刺眼。”

“波洛，”我诚恳地问，“你对这次犯罪有自己的想法了吗？”

“是的，可以这么说——我认为我知道犯罪是如何实施的了。”

“啊！”

“遗憾的是，我只有猜测而没有证据，除非——”他不知道从哪里来的力量，忽然一把抓住我的胳膊，把我打着转儿地带到了楼下大厅里，用法语兴奋地喊道：“多卡丝小姐，多卡丝小姐，方便的话请过来一下！”

多卡丝被这喊声弄得十分慌张，急急忙忙从食品储藏室里跑了过来。

“我的好多卡丝，我有个想法——一个小想法——如果能证明是正确的，那运气真是太好了！告诉我，星期一，不是星期二，多卡丝，就是星期一，悲剧发生的前一天，英格尔索普太太的铃是不是有什么问题？”

多卡丝的样子很是吃惊。

“没错，先生，既然你提到了，是的；虽然我不知道你是从哪里听说的。一定是老鼠一类的什么东西把电线给啃了，星期二早上来人把它修好了。”

波洛惊喜地拖长声音大叫一声，把我带回起居室。

“你瞧，一个人不应该只找表面的证据——不，推理就足够了。可人是软弱的，发现自己在正确的轨道上，让人感到安慰。啊，我的朋友，我现在就像一个精神振作的巨人。我跑！我飞跃！”

而且，他居然真的又跑又跳的，疯狂地蹦到落地窗外面的草坪上去了。

“你那位非同凡响的小个子朋友在干什么？”我身后传来一个声音，我扭头看见玛丽·卡文迪什站在我旁边。她面带微笑，于是我也笑了，“发生什么事了？”

“我真的不能告诉你。他问了多卡丝一个关于铃铛的问题，得到她的回答之后，他就如你所见这般兴奋了。”

玛丽大笑起来。

“太滑稽了！他走出大门了，今天不回来了吗？”

“我不知道。我已经不去猜他接下来要做什么了。”

“他很疯狂吗，黑斯廷斯先生？”

“我真是不清楚。有时候，我敢肯定他是无比疯狂的；然后，在他最疯狂的时候，我发现这疯狂之中还是有条理可循的。”

“我明白了。”

尽管玛丽笑了，可是今天早上她一副若有所思的样子。她看起来很严肃，几乎有些伤心。

我想这可能是跟她谈一谈辛西亚的好机会。我以为开始我还是比较委婉巧妙的，可没说几句就被她命令式地打断了。

“我毫不怀疑你是个优秀的说客，黑斯廷斯先生，可在这件事上，你的才能真的是派不上用场了。我不会对辛西亚无情无义的。”

我无力地结巴着说希望她不要认为——可是她又一次打断了，而且她的话非常出人意料，我马上就把辛西亚和她的烦恼抛到九霄云外去了。

“黑斯廷斯先生，”她说，“你觉得我和我丈夫在一起幸福吗？”

我大为吃惊，只好嘟囔着说了一些我没有权利考虑这类事情之类的话。

“嗯，”她静静地说，“不管你有没有权利，我都会告诉你我们不幸福。”

我没说什么，因为我看到她话没说完。

她在房间里缓缓地来回踱着步子，头微微侧着，纤细而柔软的身体也随之轻轻摇曳着。忽然，她停下了，抬头看着我。

“你对我一无所知，是吗？”她问，“我是哪里人，嫁给约翰之前我是谁——其实你都不知道对吧？好吧，我告诉你。我会让你成为一个忏悔神父的。你很善良，我觉得——没错，我相信你很善良。”

不知为何，我并没有感到那种应该有的高兴。我想到辛西亚也是用差不多的方式吐露秘密的。而且忏悔神父的年纪都很大，完全不是年轻男子扮演的角色。

“我父亲是英国人，”卡文迪什太太说，“但我母亲是个俄国人。”

“啊，”我说，“现在我明白了——”

“明白什么？”

“你总是给人一种异国的感觉——与众不同的。”

“我相信我母亲非常漂亮。我不知道，因为我从来没见过她。我还很小的时候她就去世了。我认为她的死亡是个悲剧——她误服了过量的安眠药。不管怎么说，我父亲的心碎了。没过多久，他去了领事馆工作，走到哪儿都带着我。二十三岁时，我已经几乎走遍了全世界。这是一种非常辉煌的生活——我爱这种生活！”

她脸上浮现出笑容，头向后仰着，仿佛沉浸在对旧日欢乐时光的回忆中。

“后来我父亲去世了，什么钱也没留下，我不得不去约克郡[①] 和几个老姑妈住在一起。”她颤抖着，“如果我说，对于我这样一个有如此成长经历的女孩而言，那种生活是致命的，你会明白的。狭小的、致命的单调生活，几乎快

①约克郡原为英格兰东北部一郡。

把我给逼疯了。”她顿了顿，换了一种声调接着说道：“之后，我遇见了约翰·卡文迪什。”

“是吗？”

“你可以想象，按照我姑妈们的观点，对我来说他是个很好的结婚对象。但是，说实话，不是这样的。这只是我逃离难以忍受的单调生活的一种途径。”

我没说话，过了一会儿，她继续说道：

“不要误会我。我对他很忠诚。我对他说出了实情，说我很喜欢他，也希望以后会更喜欢他，但我还说，我对他没有那种世上叫作‘深爱’的感觉。他说他很满意，所以——我们结婚了。”

她很久没再说话，微微蹙起了眉头，好像在认真地回顾过去的那些日子。

“我想——我肯定——开始他是喜欢我的。可我觉得我们不那么般配，几乎没几天我们就疏远了。他——对我的自尊而言这并非一件乐事，但却是事实——很快就厌倦了我。”我只小声说了几句抗议的话，因为她很快又继续说道，“哦，是的，他就是！现在不重要了——现在我们已经走到了岔路口。”

“什么意思？”

她平静地说：

“我是说我不打算留在斯泰尔斯了。”

“你和约翰不准备住在这里了？”

“约翰可能住在这里，但我不会了。”

“你要离开他？”

“是的。”

“但是为什么呀？”

她沉默了很久，最后说道：

“也许——因为我想要——自由。”

她说这话的时候，我眼前忽然开阔起来，一大片的原始森林，人迹罕至的土地——对玛丽·卡文迪什而言，自由的实现可能指的就是这样的景致。一瞬间，我好像看到她变成了骄傲的野生生物，或者是未经文明驯服的山上害羞的鸟儿。她忽然啜泣起来：

“你不知道，你不知道，这个可恨的地方是如何囚禁我的！”

“我理解，”我说，“但——别鲁莽行事。”

“哦，鲁莽！”她的声音嘲笑了我的谨慎。

这时我忽然说了一件我本不应该说的事。

“你知道包斯坦医生被捕了吗？”

瞬间，一股寒气像面具那样罩在了她的脸上，遮住了所有的表情。

“今天早上约翰好心地告诉我了。”

“呃，你怎么想的？”我有气无力地问道。

“想什么？”

“被捕？”

“我能怎么想？很明显他是个德国间谍，就像花匠们告诉约翰的。”

她面无表情，声音冰冷。她是关心还是不关心呢？

她挪动了几步，摆弄着一只花瓶。

“它们全都死了。我得换些新的。你介意挪一下——谢谢你，黑斯廷斯先生。”她静静地从我身旁走向落地窗，冷冷地点点头，出去了。

不，她肯定不会喜欢包斯坦。没有一个女人能像她那样表现得如此冷淡而漠不关心。

第二天早上波洛没有出现，而且也没见到苏格兰场的人。

但是，午饭时间有了一个新的证据——或者说是没用的证据。我们一直尽力查找英格尔索普太太临死前那个傍晚写的第四封信，却徒劳无功。由于我们的努力都白费了，因此我们已经放弃了这件事，希望有一天它自己能出现，而这恰恰以通信的形式实现了。在第二批邮件中，有一家法国音乐出版社公司的信，说收到了英格尔索普太太的支票，但是很遗憾他们没有找到某套俄罗斯民歌系列。因此，通过英格尔索普太太在那个要命的夜晚所写信件来解答谜题的最后一线希望，落空了。

在喝茶之前，我走去告诉波洛这个新的失望，却吃惊地发现，他又出门了。

“又去伦敦了？”

“哦，不，先生，他只不过是坐火车去了塔明斯特。

‘去参观一位年轻女士的药房。’他说。”

“笨蛋！”我脱口而出，“我跟他说过星期三她不在！好吧，请跟他说明天一早来找我们，好吗？”

“当然可以，先生。”

可是第二天，波洛连个人影也没有。我生起气来。他真的用这种最为傲慢的态度来对待我们。

午饭之后，劳伦斯把我拉到一边，问我一会儿是否要去找波洛。

“不，我不会去的。要是他想见我们，可以来这儿。”

“哦！”劳伦斯的态度模棱两可，举手投足间有种异常的紧张和激动，这激起了我的好奇心。

“怎么了？”我问，“要是有什么特别的事，我可以过去。”

“也没什么，只是——好吧，如果你要去，请你告诉他——”他压低声音小声说道，“我想我找到了另外的那只咖啡杯！”

我都快把波洛那个神秘的口信给忘了，但是现在我的好奇心又被唤醒了。

劳伦斯不再多说什么，所以我决定放下架子再去里斯特维斯小屋一趟，找波洛。

这次，我受到了微笑的迎接。波洛先生在里面。我还要装吗？当然要装。

波洛正坐在桌子旁边，两手托着脑袋。我的出现让他跳了起来。

“发生什么事了？”我关切地问，“你没生病吧？”

“不，不，不是生病。我在决定一件重大的事情。”

“是抓罪犯吗？”我戏谑地问道。

但是，令人不可思议的是，波洛居然点了点头。

“‘说还是不说，’正如你们那位伟大的莎士比亚所言，‘这是个问题。’”

我没有费事地去纠正他的引用错误。[①]

“你不是开玩笑吧，波洛？”

“我绝对认真。最严肃的事情尚未明朗。”

“什么事啊？”

“一个女人的幸福，我的朋友。”他郑重地说。

我不知道该说什么。

“这一时刻到来了，”波洛沉思着说，“可我不知道该做些什么。因为，你知道，这是我下的最大的赌注，除了我，赫尔克里·波洛，没有人敢去尝试！”他说着骄傲地拍拍胸膛。

我毕恭毕敬地等了一会儿，为的是不破坏他制造的氛围，之后，我转告给他劳伦斯的口信。

“啊哈！”他大叫，“这么说他发现了另外的那只咖啡杯！非常好。他要比他表现出来的更加聪明些，你那位绷着脸的劳伦斯先生！”

---

①“生存还是毁灭（To be, or not to be）”是莎士比亚戏剧《哈姆雷特》中哈姆雷特王子说的话。这里波洛说成了“To speak or not to speak”。

虽然我并不认为劳伦斯有多聪明，但还是克制着不去反驳波洛，而是温和地责备他忘记了我所说的辛西亚休息日的话。

“是真的，我漏掉了你的话。但是，另外一个年轻的女士人很好，她不忍心看到我失望，所以就和善地带我参观了所有的东西。”

“哦，好吧，算了，那你得另外找一天跟辛西亚喝茶了。”

我向他说了信的事情。

“很遗憾，”他说，“我一直对那封信抱有希望。但是，没有希望了。这件事必须从内部寻找解决方法了。”他拍拍脑门，“这些小小的灰色细胞，‘依靠它们’，就像你在这里说的那样。”接着，他忽然问道：“你会鉴别指纹吗，我的朋友？”

“不会，”我很吃惊地说道，“我知道没有两枚指纹是相同的，不过我的科学知识也就这么多了。”

“没错。”

他打开一个小抽屉，拿出几张照片铺在桌上。

“我给它们编了号：一、二、三。你能把它们给我描述一下吗？”

我专心地研究起这些样本来。

“我看到全部都大幅度地放大了。我得说，一号是个男人的指纹，大拇指和食指；二号是位女士的，都很小，每个方面都不同；三号——”我停顿了一会儿，“好像有很多指纹混杂在一起，但是很明显，这儿，是一号的！”

“和其他重叠的？”

“是的。”

“你确定认对了？”

“哦，是的，它们是一样的。”

波洛点点头，从我手上轻轻地拿过照片，又锁了回去。

“我想，”我说，“你照例不作解释吧？”

“相反。一号是劳伦斯先生的指纹。二号是辛西亚小姐的，它们不重要，我只是拿它们比照一下。三号有点复杂。”

“怎么复杂？”

“正如你所看到的，照片都高倍数放大了。可能你已经留意到照片上有一片模糊的延伸，我就不多跟你解释我用的那些特殊装备了，指纹粉一类的。对警方而言这是常用的手段，通过这种方式你能在很短的时间内获取任何人的指纹照片。那么，我的朋友，你已经看过这些指纹标记了，接下来只要告诉你留下这种指纹的特定物体就可以了。”

“接着说吧——我很激动。”

“好的。三号代表了塔明斯特红十字医院药房毒药橱柜顶部的一个小瓶子高倍数放大之后的表面——这听着像‘杰克造的房子’。①”

---

①原文是 the house that Jack built，杰克造的房子，故事的内容是：杰克建的房子里有麦芽，房子里的麦芽被老鼠吃掉了，吃了麦芽的老鼠被猫咬死了，咬死老鼠的猫又带给狗无限烦恼……这是一个累积的故事，讲述房子与其他事件的间接联系。

“天哪！”我大声说，“可上面怎么会有劳伦斯·卡文迪什的指纹？那天我们在那儿的时候他可没靠近过那柜子！”

“哦，不，他靠近了！”

“不可能！从头到尾我们一直在一起。”

波洛摇摇头。

“不，我的朋友，有那么一会儿你们没在一起，而且那个时刻你们不可能在一起，不然就不会喊劳伦斯先生上阳台找你们去了。”

“我把这个给忘了，”我承认道，“可只有那么一小会儿。”

“足够了。”

“什么足够了？”

波洛的笑容变得神秘起来。

“对一位曾经学习过医药学的先生来说，满足其天生的兴趣和好奇心，那段时间足够充裕了。”

我们对视了一眼。波洛的眼神愉快、蒙眬。他站起身，哼着小调，而我则满腹狐疑地注视着他。

“波洛，”我说，“这个特别的小瓶子里装了什么？”

波洛望向窗外。

“盐酸士的宁。”他回过头说道，接着又哼起了小调。

“天哪！”我十分平静地说，并没有吃惊，因为我已经预料到这个答案了。

“他们很少使用纯盐酸士的宁——只是偶尔才添加到药物里。法定的方法是使用液体盐酸士的宁，所以指纹从那会儿到现在仍没有被破坏。”

“你怎么拍到这张照片的？”

“我把帽子从阳台丢了下去，”波洛简单地解释道，“在那段时间，来访者不能下去，所以由于我再三表示歉意，辛西亚小姐的同事只好下去帮我捡了回来。”

“你早就知道你能发现什么了？”

“不，不是这样。我听你说过，劳伦斯先生有可能靠近过毒药橱柜。这一可能性需要被证实或者排除。”

“波洛，”我说，“你的若无其事骗不了我，这是一个非常重要的发现。”

“我不知道，”波洛说，“但是有件事确实冲击了我。不用说，对你也是。”

“是什么？”

“就是，在这个案子中，有太多的士的宁了。这是我们第三次意外地碰到它了。英格尔索普太太的补药中有士的宁；斯泰尔斯的梅斯柜台上出售过士的宁；现在，我们又发现这个家里的人有士的宁。太混乱了，可你知道，我不喜欢混乱。”

我还没来得及回答，另一个比利时人打开门，把脑袋探了进来。

“楼下有位女士找黑斯廷斯先生。”

“一位女士？”

我跳了起来。波洛跟在我后面走下狭窄的楼梯。玛丽·卡文迪什正站在门口。

“我去村里看望了一位老妇人，”她解释说，“劳伦斯告诉我你和波洛先生在一起，所以我想过来叫上你。”

“啊，太太，”波洛说，“我以为你是专程赏脸看望我的呢！”

“如果你邀请，我一定另找一天过来。”她微笑着答应了他。

“太好了。如果你还需要一个忏悔神父，太太——”她有一点点吃惊，“记住，波洛神父随时为您服务。”

她盯着他看了片刻，似乎想从他的话里解读出更深层的含义。之后，她忽然转身离开了。

“波洛先生，你也跟我们一起回去吗？”

“非常乐意，太太。”

在回斯泰尔斯的路上，玛丽一直兴奋地说着。我想也许在某种意义上，她害怕波洛的眼睛。

忽然变天了，凛冽寒风的撒泼架势都快赶上秋风了。玛丽有些发抖，把她那件黑色外套裹得更紧了。冷风刮过树林发出悲哀的噪音，像个巨人在叹息。

走到斯泰尔斯的大门口，我们马上就意识到出事了。

多卡丝跑出来接我们。她哭着，绞着双手。我注意到，其他仆人在后面神情专注地聚在一起。

“哦，太太！哦，太太！我不知道该怎么跟你说——”

“怎么了，多卡丝？”我焦急地问，“快告诉我们！”

“那些缺德的侦探，他们抓走他了——他们逮捕了卡文迪什先生！”

“逮捕了劳伦斯？”我倒抽一口气。

我看到多卡丝眼中透出惊讶的神情。

“不，先生，不是劳伦斯先生——是约翰先生。”

我背后传来一声惊呼，玛丽·卡文迪什重重地倒向我。我转身接住她，这时，我看到波洛眼中有种平静的胜利的喜悦。

第十一章　起诉

对约翰·卡文迪什谋杀继母的审判将于两个月后举行。

关于这几个星期我没什么可说的，但我对玛丽·卡文迪什充满了真挚的钦佩和同情。她斗志昂扬地站在丈夫这一阵线，蔑视所有认为他有罪的想法，并全力以赴地与之斗争。

我跟波洛说了我的钦佩，他沉思着点点头。

“是的，她是那种在艰难的环境中显示出最佳状态的女人，这更加衬托出了她们身上可爱和真诚的一面。她的骄傲和妒忌已经——”

“妒忌？”我问道。

“是的。你没注意到她是个非常善妒的女人吗？但我要说的是，她的骄傲和妒忌已经被放在一边了，她只想着她的丈夫，还有降临在他身上的可怕的命运。”

他说得很有感触，我认真地看着他，想起了那个下午，他正在考虑说不说的问题。带着那种“为了一个女人的幸福”的柔情，我很高兴他亲自做了这个决定。

“到现在，”我说，“我都无法相信。你瞧，直到最后一分钟，我都以为是劳伦斯！”

波洛咧嘴笑了起来。

“我就知道你是这么想的！”

“但是是约翰！我的老朋友约翰！”

“每个凶手都有可能是某人的老朋友，”波洛富有哲理性地说道，“你不能把情感和理智混在一起。”

“我得承认我本以为你会给我个暗示的。”

“可能吧，我的朋友，我没这么做，就因为他是你的老朋友！”

我被他的话弄得很窘迫。我想到自己那么轻率地就把自以为是波洛对包斯坦的看法告诉了约翰。附带说一句，关于对包斯坦的指控——他已经被无罪释放了。然而，虽然这一次他比他们更加聪明，而且关于间谍活动的指控没能把他遣送回国，但是今后他的各种权利将受到极大的限制，活动范围也缩小很多。

我问波洛是不是认为约翰会被定罪，让我大吃一惊的是，他回答说，相反，他极有可能被宣判无罪。

“但是，波洛——”我反对道。

“哦，我的朋友，我不是一直跟你说我没有证据吗？知道一个人有罪是一回事，证明他有罪则是另外一回事。在这个案子中，证据太少了。这就是麻烦的地方。我，赫尔克里·波洛，知道，可是在我的链条上缺少最后一个环节。

而且除非我找到缺少的那一环——”他严肃地摇摇头。

“你开始怀疑约翰·卡文迪什是在什么时候？”过了一会儿，我问道。

“你就一点儿也不怀疑他吗？”

“不，从没有过。”

“你曾无意中听到卡文迪什太太和她婆婆的对话片段，可后来她在审讯中却没有坦诚相告，你都没有怀疑过？”

“没有。”

“如果把两件事放在一起，你要想一想，如果和英格尔索普太太吵架的不是阿尔弗雷德·英格尔索普——你记得吧，审讯时他竭力否认——那一定是劳伦斯或约翰。那么，如果是劳伦斯，玛丽·卡文迪什的行为就无法理解了。然而从另一方面来说，如果是约翰，整件事情就能很自然地解释通了。”

“所以，”我恍然大悟地大声说道，“是约翰那天下午在跟他母亲吵架！”

“完全正确。”

“你一直都知道？”

“当然。这样卡文迪什太太的行为才解释得通。”

“可是你却说他会被无罪释放？”

波洛耸耸肩。

“是的。在警方的法庭审理中，我们将听到关于案件的起诉，但是他的律师十之八九会建议他保留答辩权。这样在审判时，我们就会感到很吃惊。而且——啊，还有，我要提醒你一句，我的朋友，在这个案子中我不能露面。”

“什么？”

“是的。严格地说，我跟这起案子没有关系。我必须留在幕后，直到我找到链条上缺少的最后一环。让卡文迪什太太觉得我是在帮她丈夫，而不是跟他作对。”

“要我说，这是在玩手段。”我抗议道。

“当然不是。我们对付的是一个绝顶聪明、不择手段的人，所以我们必须采用能力所及的一切方法——否则他会从我们的指缝中逃走。这就是我要小心地留在幕后的原因。所有这些都是杰普发现的，所有的功劳都是杰普的。如果我去做证——”他咧嘴笑笑，“很有可能是被告的证人。”

我简直无法相信自己的耳朵。

“这是按部就班地做事。”波洛接着说，“太奇怪了，我能提供证据推翻控方提出的一个论点。”

“什么论点？”

“关于烧毁遗嘱的论点。约翰·卡文迪什没有烧毁那份遗嘱。”

波洛是个名副其实的预言家。警察法律诉讼中的细节我就不详加说明了，因为里面有很多无聊的重复。我直接说一点：约翰·卡文迪什保留了答辩权，并直接受审。

九月，我们都去了伦敦。玛丽在肯辛顿租了一幢房子，波洛也属于这个家庭聚会中的一员。

我在陆军部找到了一份工作，所以能经常看到他们。

几个星期过去了，波洛的精神状态越来越差。他说的那个“最后一环”仍然没有找到。私下里我倒是希望维持现状，因为要是约翰被判有罪，玛丽还有什么幸福可言？

九月十五日，约翰·卡文迪什出现在伦敦中央刑事法院的被告席上，被指控“蓄意谋杀艾米丽·阿格尼丝·英格尔索普”，但他表示“不认罪”。

欧内斯特·海维韦萨爵士，著名的皇家法律顾问，将为他辩护。

菲利普先生，皇家法律顾问，代表王室对此案展开审理。

这件谋杀案，他说，经过了充分的谋划，并且极其冷酷无情。确确实实证明了一个溺爱孩子的、轻易相信别人的母亲被继子蓄意谋杀，然而她对他比亲生母亲还要好。他还是个孩子的时候，她就开始抚养他。他和他的妻子在斯泰尔斯庄园里过着奢华的生活，受到她事无巨细的关心和照顾。她是他们善良而慷慨的恩人。

他建议传召证人证明被告是一个挥霍浪费的人，经济上已处于穷途末路，同时跟邻近的农场主的妻子雷克斯太太有染。此事传到了他继母的耳朵里，在她去世前的那个下午，她就这件事指责他，随后两人争吵了起来，一部分说话的内容被人无意中听到了。就在前一天，被告在村子里的药店里买了士的宁，他化了装，目的是把罪行嫁祸给另一个人，即英格尔索普太太的丈夫，一个他极度妒忌的人。幸好英格尔索普先生提供了一个无懈可击的不在场证明。

公诉律师继续说道，七月十七日下午，和儿子争吵之后没多久，英格尔索普太太就立了一份新遗嘱。第二天早上，在她卧室的壁炉里发现了这份烧毁的遗嘱，但是有证据显示，这份遗嘱的条款有利于她的丈夫。其实在结婚之前，死者已经拟定了一份有利于英格尔索普先生的遗嘱，但是——菲利普先生摇着富有表现力的食指——被告不知道这件事。旧遗嘱还在，是什么导致死者重新立一份遗嘱，他说不出来。她是个老太太了，很有可能已经忘记了之前那份，或者——这对他而言似乎可能性更大——她可能以为一旦结婚，这份遗嘱就作废了，因为在这个问题上有过一些说法。女人都不怎么精通法律知识。大约一年前，她完成了一份对被告有利的遗嘱。他会拿出证据证明在那个悲惨的晚上，是被告最后把咖啡端给他继母的。晚上的时候，他得到允许进入她的房间，就在那时，毫无疑问，他找到了烧毁遗嘱的机会，因为就他所知，这份遗嘱会让英格尔索普先生的利益变得合法有效。

被告被逮捕是因为一位非常优秀的警官，也就是杰普探长，在他的房间里发现了一个装有士的宁的药瓶，此药瓶跟谋杀发生前一天村里药店卖给假英格尔索普先生的那个是同一个。这些可怕的事实是否可以构成判定被告有罪的充分证据，陪审团将予以裁决。

菲利普先生还巧妙地暗示道，如果陪审团不这么裁决，将是令人难以置信的。说完，他坐了下来，擦擦额头。

第一批原告证人大多数都是那些已经在聆讯时传召过的人，医学证明再次首先被出示。

欧内斯特·海维韦萨爵士——因对证人不择手段而闻名于全英国——只提了两个问题。

“我认为，包斯坦医生，士的宁作为一种药品，起效很快吧？”

“是的。”

“而你无法说明何以在本案中药效延缓？”

“是的。”

“谢谢。”

梅斯先生指认出公诉律师递给他的药瓶就是他卖给“英格尔索普先生”的那一个。

经过追问，他承认他和英格尔索普先生只是面熟，从来没有跟他说过话。这位证人并没有被盘问。

阿尔弗雷德·英格尔索普被传召上来，他否认买过毒药，以及跟妻子吵过架。有好几个证人都证明他所说的属实。

花匠的证词是关于见证遗嘱签署的。之后多卡丝被传召。

多卡丝对她的“少爷”忠心耿耿，竭力否认她听到的是约翰的声音，不顾一切地坚决声称，在内室里和她女主人在一起的是英格尔索普先生。被告席上的约翰脸上浮起了一丝苦笑。他太清楚她的英勇反抗是多么没用了，因为否认这一点并不是辩护的目标。当然，卡文迪什太太不可能被传上来出示对她丈夫不利的证据。

提了几个有关其他情况的问题之后，菲利普先生问道：

“今年六月下旬，你记不记得百盛寄来一个给劳伦斯·卡文迪什先生的包裹？”

多卡丝摇摇头。

“我不记得，先生。也许寄来了，不过劳伦斯先生六月份离开家了一阵子。”

“万一他不在家的时候有包裹寄来，怎么办？”

“放在他房间里，或者再寄给他。”

“是你做这些事吗？”

“不，先生，我会放在门厅的桌子上。这种事情都是霍华德小姐打理。”

伊芙琳·霍华德上了法庭，菲利普盘问了她几个别的问题之后，又问到了包裹这件事。

“不记得了。寄来的包裹太多了。不可能每个都特别留意。”

“你记不记得，劳伦斯先生去威尔士之后，你是把包裹寄给他了，还是放在他房间了？”

“不记得寄给他了。如果寄了会想起来的。”

“假定有个寄给劳伦斯先生的包裹后来不见了，你应该注意得到吧？”

“不，我不会这么想。我会认为有人替他保管起来了。”

“我想，霍华德小姐，是你发现这张牛皮纸的吧？”他举起一张布满灰尘的纸，正是波洛和我在斯泰尔斯庄园的起居室里检查过的那张。

“没错，是我发现的。”

“你为什么要找这张纸？”

“请来负责这个案子的那个比利时侦探让我找的。”

“你最后在哪儿找到的？”

“在衣橱的……顶上。”

“在被告衣橱的顶上吗？”

“我……我认为是这样的。”

“不是你自己找到的？”

“是。”

“那你一定知道在哪儿找到的了？”

“是，在被告的衣橱顶上。”

“这就对了。”

来自戏剧服装供应商百盛的一名店员证实，六月二十九日，他们按照要求向劳伦斯先生提供了一把黑胡子。是写信预订的，信封里装了一张邮政汇票。不，他们没有保留此信件。所有的交易事项都做了登记。他们按照指定的姓名和地址——斯泰尔斯庄园，L．卡文迪什先生——寄出了胡子。

欧内斯特·海维韦萨爵士笨拙地站起身子。

“这封信是从哪里寄来的？”

“从斯泰尔斯庄园。”

“你们寄包裹也是这个地址？”

“是的。”

海维韦萨像个猛兽一样冲他扑了过去。

“你怎么知道的？”

“我……我不明白。”

“你怎么知道信是从斯泰尔斯寄来的？你注意到邮戳了吗？”

“没……但是……”

“啊，你没注意到邮戳！可你却信誓旦旦地宣称信是从斯泰尔斯寄来的！实际上，可能是其他地方的邮戳？”

“是……吧。”

“虽然这封信写在印了地址的信纸上，可也许是从其他地方寄来的呢？比如，威尔士？”

店员承认这有可能是事实，欧内斯特爵士这才表示满意。

伊丽莎白·威尔斯，斯泰尔斯庄园的二等女佣，说她上床休息之后想起来，没按英格尔索普先生吩咐的那样只是关上门，而是把前门给闩上了。于是她再次下楼去纠正自己的错误。她听见右侧传来一声轻微的动静，于是她偷偷朝过道看了看，看到约翰·卡文迪什先生正在敲英格尔索普太太的门。

欧内斯特·海维韦萨很快就驳回了她的证词。因为招架不住他那无情的逼问，她绝望地自相矛盾起来，于是欧内斯特爵士带着满意的表情又坐了下来。

安妮的证词说的是地板上的蜡烛油，并且看到被告把咖啡端进内室。

审讯结束，第二天继续。

我们一到家，玛丽就强烈地谴责起控方律师来。

“那个可恶的人！他给我可怜的约翰布了一张多大的网啊！他把每件小事都扭曲得面目全非！”

“嗯，”我安慰她，“明天就不一样了。”

“没错，”她陷入了深思，忽然又抬高了声音，“黑斯廷斯先生，你不会认为——当然不可能是劳伦斯了——哦，不，不可能！”

但是我也很迷惑，所以单独和波洛在一起时，我问他觉得欧内斯特爵士的目的是什么。

“啊，”波洛一副欣赏的口气，“他是个聪明人，那个欧内斯特爵士。”

“你觉得他认为劳伦斯有罪吗？”

“我认为他不关心任何事！不，他这么做就是为了搅浑陪审团的脑子，让他们对哥哥还是弟弟做的产生意见分歧。他努力证明，针对劳伦斯的不利证据，和针对约翰的一样多。而且我绝对相信他会成功的。”

审讯重新开始时，探长杰普是第一个被传召的证人，其证词简明扼要。讲述完早期的一些事件之后，他接着说道：

“根据所获得的情报，萨默海警长和我本人在被告暂离房屋期间，搜查了他的房间，在他五斗橱里的一些内衣下面，我们发现了：第一，一副金丝夹鼻眼镜，和英格尔索普先生戴的那副很相似——”这个已经提交给法庭，“第二，这个药瓶。”

这就是那个已经被药店伙计辨认过的药瓶，一个蓝色的玻璃小瓶，里面有一些白色结晶，标签上写着：“盐酸士的宁。剧毒。”

警察法庭诉讼以来，侦探发现的最新一条证据是一张长长的、几乎全新的吸墨纸。是在英格尔索普太太的支票簿里发现的，用镜子反照，就会清晰地出现这几个字：“我死后，全部财产都留给我深爱的丈夫阿尔弗雷德·英格……”这说明了一个不争的事实，即那份被烧毁的遗嘱有利于死者的丈夫。接着，杰普出示了修复后的、从壁炉取出的烧焦纸片，连同在阁楼上发现的胡子，共同构成了他全部的证据。

但是欧内斯特爵士的盘问还在后头。

“你搜查被告房间的时候是哪一天？”

“七月二十四日，星期二。”

“正是惨剧之后的一周？”

“是的。”

“你说你在五斗橱里发现了这两样东西，抽屉没上锁吧？”

“是的。”

“你觉不觉得，一个犯了罪的人把罪证放在一个随便谁都能找到的没上锁的抽屉里，这几乎不太可能？”

“可能他是匆忙间塞进去的。”

“可你刚才说过离案发整整一个星期了。他有充足的时间移走并销毁它们。”

“可能吧。”

“关于这点，不存在可能。他有还是没有充足的时间移走并销毁它们？”

“有。”

“下面藏着这些东西的那堆内衣是厚还是薄？”

“厚的。”

“换句话说，这是冬天时穿的内衣。显然，被告不应该去开那个抽屉，对吗？”

“也许吧。”

“可否回答我的问题？被告有没有可能在盛夏最炎热的那一周，去开一个装有冬天内衣的抽屉？有还是没有？”

“没有。”

“既然如此，有没有可能现在说的这两样东西是其他人放在那儿的，而被告对此一无所知？”

“我认为不太可能。”

“但还是有可能？”

“是的。”

“可以了。”

接下来是更多的证据。关于七月底被告发现自己陷入经济危机的证据，关于他和雷克斯太太有染的证据——可怜的玛丽，对一个有自尊心的女人而言，听到这些，该多么苦涩啊。伊芙琳·霍华德说的是对的，虽然她对阿尔弗雷德·英格尔索普的憎恨让她一口咬定他就是那个与本案有关的人。

之后，劳伦斯·卡文迪什被带入证人席，低声回答着菲利普先生的问题。他否认六月份在百盛订过任何东西。实际上，在六月二十九日，他就远离庄园到达威尔士了。

欧内斯特爵士的下巴立刻挑衅似的翘了起来。

“你否认于六月二十九日向百盛订购过黑胡子吗？”

“没错。”

“啊，万一你哥哥发生什么事，谁将继承斯泰尔斯庄园？”

这个残忍的问题让劳伦斯苍白的脸立刻一片通红。法官不满地咕哝着，被告席上的约翰则愤怒地向前探着身子。

海维韦萨根本不在乎他当事人的愤怒。

“回答我的问题。”

“我想，”劳伦斯平静地说，“会是我。”

“你说‘想’是什么意思？你哥哥没有孩子，你会继承它，是吗？”

“是。”

“啊，很好。”海维韦萨那和蔼的语气中有一种残忍，“而且你还会继承一大笔钱，对吗？”

“实际上，欧内斯特爵士，”法官抗议道，“这些问题跟本案无关。”

欧内斯特爵士鞠了一躬，继续发射利箭。

“在七月十七日星期二，你和另一位客人去参观了塔明斯特红十字医院的药房，是吗？”

“是。”

“有那么几分钟的时间你正好是一个人待着，你是否打开了毒药橱柜，检查了一些瓶子？”

“我……我……可能吧。”

“我认为你确实这么干了吧？”

“是。”

欧内斯特爵士又向他发射了第二个问题。

“你是否特别检查过一个瓶子？”

“没有，我不这么认为。”

“小心点儿，卡文迪什先生。我指的是装有盐酸士的宁的一个小瓶子。”

劳伦斯的脸色一下子变青了。

“不……我真的没有。”

“那你怎么解释瓶子上面留下了你清晰无误的指纹？”

这种恐吓的手段对紧张的情绪来说非常有效。

“我……我想我可能拿过瓶子。”

“我也这么想！你从瓶子里拿出过什么东西没有？”

“当然没有。”

“那你干吗拿瓶子？”

“我曾经学过医学，对这种东西自然感兴趣。”

“啊！所以你对毒药‘自然感兴趣’，对吗？然而，你是等到只有一个人时，才满足你的‘兴趣’的吧？”

“那纯粹是巧合。就算其他人在那儿，我也会这么做的。”

“可是，这事发生的时候，其他人不在那儿吧？”

“不在，但是——”

“实际上，整个下午，你只有几分钟的时间是独自一人，然而你对盐酸士的宁的‘自然的兴趣’就发生在——我说，发生在——几分钟之内，是吗？”

劳伦斯结结巴巴地说得很可怜。

“我……我……”

欧内斯特爵士满意地说：

“我没什么要问你的了，卡文迪什先生。”

这几个盘问在法庭上引起了强烈的骚动。在座许多打扮时髦的女人都忙着交头接耳，她们窃窃私语的声音越来越响，法官不得不生气地威胁说如果不马上安静下来，就要把她们从法庭请走了。

还有一个证据。几个笔迹专家就药店毒药登记册上的“阿尔弗雷德·英格尔索普”这一签名发表了看法。他们一致认为这不是他的笔迹，并认为也许是被告伪装的。盘问之后，他们承认也有可能是其他人巧妙伪造的。

欧内斯特·海维韦萨爵士的发言并不长，然而却使案情有利于被告，并且态度强硬有力。他说，在他多年的经验中，从来——从来没有一起谋杀指控建立在比这更薄弱的证据之上。这些证据不仅仅完全是间接的，而且绝大部分都没有得到证实。让他们来看看这些他们听过和公正地筛选过的证据。士的宁是在被告房间的一个抽屉里发现的。正如他所指出的，这个抽屉没有上锁，并且他认为没有证据能证明把士的宁放在那儿的人是被告。实际上，这是其他人把罪行嫁祸给被告的邪恶目的的一部分。控方无法提供哪怕一点证据支持他们的论点，即从百盛订购黑胡子的人是被告。被告已经坦白承认他和继母之间发生过争吵，但这件事还有被告的财政困难都被严重地夸大了。

他那博学的朋友——欧内斯特漫不经心地向菲利普点了点头——认为如果被告是清白的，在聆讯时就应该站出来解释吵架的人是他，而不是英格尔索普先生。关于这一点，爵士认为事实被扭曲了。实际发生的事情是这样的：星期二晚上，被告回到家里，有人确定地告诉他英格尔索普夫妇发生了激烈的争吵。被告丝毫没有怀疑有人可能把他的声音错听成了英格尔索普先生的。因此他想当然地认为继母吵了两次架。

控方断言，七月十六日星期一那天，被告装扮成英格尔索普先生去了村子里的药店。恰恰相反，那个时间被告正在一个叫作“马斯顿的小树林”的偏僻之地，是一张匿名字条让他去那儿的，字条上是一些勒索敲诈的话，威胁他如果不照做就会向他妻子透露某些事情。因此，被告到达了指定的地点，白白地等了半个小时才回家。不幸的是，来回的路上他没有遇见一个人能证明这件事的真实性。幸亏他保留了这张字条，可以作为证据。

至于有关烧毁遗嘱的陈述，被告以前当过律师，他明白一年前所立的那份有利于他的遗嘱，已经因为继母的再婚而作废了。他会出示证据证明是谁烧了这份遗嘱，而且有可能为本案打开一个全新的视角。

最后，他向陪审团指出，除了约翰·卡文迪什，还有不利于其他人的证据。他引导他们注意一个事实，对劳伦斯·卡文迪什的不利证据就算不如对其兄长的有力，至少也是不相上下的。

此时，他传召了被告。

被告在证人席上表现得很好。经过欧内斯特爵士的巧妙处理，他把故事讲得既精彩又让人信服。他出示了收到的匿名字条，并交给陪审团检查。他愿意承认自己出现了经济困难，以及跟继母的分歧，这对他否认谋杀很有助益。

结束陈述之后，他顿了顿，又说：

“我必须澄清一件事。我完全拒绝和否认欧内斯特·海维韦萨爵士针对我弟弟的暗示。我深信，我弟弟和我一样与这次谋杀无关。”

欧内斯特爵士只是笑了笑，他敏锐地注意到，约翰的抗议已经在陪审团中产生了非常好的印象。

接着，盘问开始了。

“我认为，你所说的你没有料到证人可能把你的声音错听成了英格尔索普先生的。这不是很奇怪吗？”

“不，我不这么认为。有人告诉我说我母亲和英格尔索普先生吵了一架，而我从来没有想过事实并非如此。”

“女佣多卡丝重复了谈话片段——你一定记得这些片段——之后，你也没有想到吗？”

“我没听出来。”

“你的记忆肯定非常短暂！”

“不是的，但当时我们都很生气，而且我觉得说了很多气话。我没怎么留意我母亲实际都说了什么。”

菲利普先生表示怀疑的冷哼是法庭辩论技巧的一个成就。他转向了字条的话题。

“你恰到好处地提交了这份字条。告诉我，上面的笔迹感觉熟悉吗？”

“不熟悉。”

“你不认为这和你那经过伪装的笔迹有明显的相似之处吗？”

“不，我不认为。”

“我告诉你，这是你自己的笔迹！”

“不是。”

“我告诉你，你急于证明自己不在犯罪现场，所以想出了这么个虚假而不可思议的约会的主意，并且自己写了这张字条以证明你的陈述！”

“不是。”

“就在你所宣称的自己在一个偏僻、人迹罕至的地方等待的时候，其实你是去了斯泰尔斯村的药店，以英格尔索普先生的名义买了士的宁，是这样吗？”

“不，这是个谎言！”

“我换种说法，你穿着英格尔索普先生的一套衣服，贴着跟他相似的修剪过的黑胡子，到了药店——还在登记册上签了他的名字！”

“绝对没有这种事。”

“那么我把字条、登记册上的字迹，还有你自己的笔迹，这三者之间惊人的相似之处交给陪审团审议。”说完，菲利普先生坐了下来，一脸已经尽到职责，但仍对这种蓄意的伪证感到十分震惊的表情。

此后，由于时间已晚，案子下星期一继续开庭。

我注意到波洛的样子十分气馁。我太了解他纠结的眉头了。

“怎么了，波洛？”我问。

“啊，我的朋友，事情不顺啊，不顺。”

我心头禁不住释然地一动。显然，约翰·卡文迪什可能会被宣判无罪。

到家以后，我的小个子朋友挥手拒绝了玛丽发出的喝茶的邀请。

“不了，谢谢你，太太，我想上楼去自己的房间。”

我跟着他。他走到书桌旁边，仍然皱着眉头，拿出一小盒纸牌，然后拖了一把椅子到桌边，而且让我诧异万分的是，他开始一本正经地搭纸牌房子了！

我不自觉地拉长了脸，他马上说道：

“不，我的朋友，我不是老糊涂了！我在稳定自己的神经，仅此而已。这工作需要手指精密。手指精密才能让大脑精密。我从未像现在这样这么强烈地需要它！”

“出什么事了？”我问。

波洛朝桌上使劲捶了一拳，推翻了他仔细建造的大厦。

“是它，我的朋友！我能造一座七层高的大厦，可我不能——”捶了一拳，“找到，”又是一拳头，“我跟你说过的最后一环。”

我不知道该说什么才好，只好保持沉默。接着，他又开始慢慢地搭建纸牌了，同时还有一搭没一搭地说着：

“完成了——就这样！放上——一张牌——另一张——用数学的——精密度！”

我看着纸牌房子在他手中不断增高，一层接一层。他从来没有犹豫或动摇过。简直就像是在变戏法。

“你的手真稳，”我说，“我相信我只看到你的手抖过一次。”

“毫无疑问是在我生气的时候。”波洛十分平静地说。

“确实！你怒气冲天。你还记得吗？在你发现英格尔索普太太卧室里那个文件箱被撬开的时候。你站在壁炉台旁边，习惯性地摆弄着上面的东西，手抖得就像一片树叶！我得说——”

但是我突然打住了。因为波洛嘶哑而含混地大叫一声，再次推翻了自己的杰作，双手按在眼睛上不停地揉着，显然非常痛苦。

“天哪，波洛！”我大叫，“你怎么了？病了吗？”

“不，不，”他上气不接下气地说，“是……是……我有了一个想法！”

“啊！”我长舒一口气，大声说道，“是你的那个‘小想法’吗？”

“哦，实际上，不是！”波洛坦白地说，“这一次是个非常巨大的想法，了不起的！这是你——你，我的朋友，给我的！”

忽然，他紧紧地抱住了我，热情地亲吻我的双颊。还没等我从震惊中恢复过来，他已经跑出了房间。

这时，玛丽·卡文迪什走了进来。

“波洛先生怎么啦？他从我身边冲过去，大喊着：‘汽车库！看在老天爷的分上，告诉我汽车库怎么走，太太！’可我还没来得及回答，他已经冲到大街上了。”

我急忙来到窗口。没错，他在那里，正在街上猛冲，没戴帽子，边跑边做手势。我转向玛丽，对她做了个表示绝望的手势。

“他被一个警察拦了一下，接着又跑了，现在拐过街角了！”

我们的目光相遇了，无能为力地对视着。

“出了什么事？”

我摇摇头。

“我不知道。他正在搭纸牌房子，忽然说有了个想法，于是，就像你看到的那样，他跑了出去。”

“好吧，”玛丽说，“希望他晚饭前能回来。”

可是，夜幕降临了，波洛还没有回来。

第十二章　最后一环

波洛的突然离开让我们大家都很好奇。星期天早上慢慢过去了，他还是没有出现。可是到了差不多三点钟，外面传来刺耳的汽车长笛声，我们拥到窗口一看，只见波洛偕同杰普和萨默海，从车里走了出来。这个小个子男人好像变了个人似的，浑身散发出一种可笑的沾沾自喜之情。他过分殷勤地向玛丽·卡文迪什鞠了个躬。

“太太，我可以在客厅里开个小会议吗？每个人都得参加。”

玛丽凄然一笑。

“你知道，波洛先生，你完全有这个权利。”

“您太和蔼可亲了，太太。”

波洛一边笑容满面地把我们所有人都召集到客厅里，一边把椅子往前搬好。

“霍华德小姐——在这儿。辛西亚小姐。劳伦斯先生。善良的多卡丝。还有安妮。好啦，我们得晚一点儿才能开会，等英格尔索普先生过来。我已经给他送去便条了。”

霍华德小姐立刻从椅子上站了起来。

“如果那人走进这房子，我就立刻离开！”

“不，不。”波洛走到她前面，低声恳求了几句。

最后霍华德小姐答应回到自己的座位上。几分钟后，英格尔索普先生走进了客厅。

人都齐了，波洛马上从位子上站了起来，带着一副受欢迎的演讲者的姿态，向他的听众彬彬有礼地鞠了个躬。

“女士们，先生，大家都知道，我受到约翰·卡文迪什先生的邀请来调查这个案子。我一来到这儿就马上检查了死者的卧室，根据医生的建议，那个房间已经锁上了，因此完好地保持着悲剧发生时的样子。我发现：一、一块绿色织物的碎片；二、窗户旁边地毯上的一片污渍，仍然是潮湿的；三、装有溴化铵粉末的空盒子。

“先说一说这块绿色布片。我是在那间卧室和隔壁辛西亚小姐房间之间的连通门的插销上发现的。我把这块布交给了警方，可他们不觉得有什么重要的，也没认出来这是什么——一个绿色的园艺工作者袖套上的布头。”

人群中有小小的骚动。

“斯泰尔斯庄园中只有一个人在农田里干活，就是卡文迪什太太。因此，从辛西亚小姐房间经由连通门进入死者房间的，肯定是卡文迪什太太。”

“可那门是从里面闩上的呀！”我叫道。

“我去检查房间的时候，是闩上了。但是，首先，我们只是听她这么说，因为是她去查验的那扇门，说是闩住了。在随后的混乱之中，她有很多机会把门闩上。我一早就找到机会证实了我的推测。首先，这块布片和卡文迪什太太袖套上的一个破洞完全吻合。而且，在验尸的那次聆讯中，卡文迪什太太宣称她在自己的房间里听到了床边桌子倒地的声音。我也早就检验过这种说法，我让我的朋友黑斯廷斯先生站在房子里的左侧位置，就在卡文迪什太太的门外。我自己则跟警察一道去了死者的房间，在那里我故意装作不小心推倒了前面提到的那张桌子，可我发现，正如我所料，黑斯廷斯先生什么动静都没听见。这更让我相信，卡文迪什太太说惨剧发生的时候她正在自己的房间里穿衣服，这是假话。其实，我坚信，报警声响的时候，卡文迪什太太正在死者的房间里，而绝不是在自己的房间。"

我飞快地扫了玛丽一眼，她脸色极其苍白，却仍然面带微笑。

"下面我解释一下这个假设——卡文迪什太太在她婆婆的房间里。我们可以说她正在找什么东西但没找到。忽然，英格尔索普太太醒了，令人惊恐地发起病来。她伸出手臂，打翻了床头柜，接着拼命按响了电铃。卡文迪什太太吓得手中的蜡烛都掉了下来，蜡烛油溅到了地毯上。她捡起蜡烛，急忙缩进辛西亚小姐的房间，关上了门。她匆匆跑进过道，因为不能让仆人发现她在那儿。但是太晚了！连接房子两端的走廊那里已经传来了脚步声。她能怎么办？她转念一想，赶紧回到辛西亚小姐的房间里，并且摇醒了她。匆忙中被惊醒的一家人挤在过道里，全都忙着拍打英格尔索普太太的房门。没人会想到卡文迪什太太没和其他人一起过来，但是——这非常重要——我能判定没人看见她从另一侧过来。”他看着玛丽·卡文迪什，“我说得对吗，太太？”

她点点头。

“你说得很对，先生。你知道，如果我能想到透露这些情况对我丈夫有哪怕一点儿好处的话，我早就这么做了。但我觉得这跟他是否有罪没有关系。”

“在某种意义上，是正确的，太太，但是这能消除我心中的很多错觉，而且能让我直接看到其他事情的真正意义。”

“遗嘱！”劳伦斯叫了起来，“那么是你，玛丽，烧了遗嘱？”

她摇摇头。波洛也摇了摇头。

“不，”他平静地说，“只有一个人有可能烧掉那份遗嘱——英格尔索普太太自己！”

“不可能！”我大声说，“她那个下午刚刚写好！”

“然而，我的朋友，就是英格尔索普太太。因为要解释这个事实别无他法：那是一年中最热的一段时间，英格尔索普太太那天却吩咐仆人在她房间里生了火。”

我大喘一口气。我们太蠢了，居然从没想到那火是那么不协调。波洛继续说道：

“先生，那天在阴凉处的温度是华氏八十度，可英格尔索普太太却吩咐点起了火！为什么？因为她想毁掉什么东西，又想不出别的办法。因为在斯泰尔斯实行战时节约政策，一张废纸都不准扔掉。因此像遗嘱这么厚的文件是无法毁掉的。听说英格尔索普太太房间里生火的时候，我马上得出结论，这是为了烧某些重要文件——可能是份遗嘱。所以在壁炉里发现了烧焦的纸片我也没觉得奇怪。当然，我并不知道上述那份遗嘱是那天下午才写好的，而且我得承认，得知这件事之后，我陷入了一个巨大的误区。我得出的结论是，英格尔索普太太决心烧掉那份遗嘱，直接引发了那天下午的争吵，因此吵架是发生在立遗嘱之后而不是在那之前。

“现在，我们知道，我错了。我不得不放弃了这个想法。我换了个新的立场来考虑这个问题。那么，在四点钟的时候，多卡丝听见她的女主人生气地说：‘你别以为我怕传扬出去，或者夫妻丑闻这一套能阻止我。’我推测，并且正确地推测到，这些话不是冲着她丈夫而是冲着约翰·卡文迪什说的。五点钟，一小时之后，她几乎说了相同的话，但立场不同。她向多卡丝承认道：‘我不知道该怎么办；夫妻丑闻是一件可怕的事情。’四点的时候她在生气，可还是一副女主人的口吻；五点的时候她却处于极度痛苦之中，说受到了极大的刺激。

“从心理上分析这件事，我得出一个推论，我相信是正确的。她第二次说到的‘丑闻’跟第一次不同——因为这包括她自己！

“让我们设想一下。四点，英格尔索普太太跟她儿子吵了一架，并威胁要向他妻子揭发他——顺便提一下，他妻子不小心听见了大部分对话。四点半，在进行了一场关于遗嘱有效性的谈话之后，英格尔索普太太重新立了一份对她丈夫有利的遗嘱，也就是花匠做见证人的那份。五点，多卡丝发现她的女主人情绪相当激动，手里还拿着一张纸——多卡丝以为是‘一封信’——就在这个时候，英格尔索普太太吩咐在房间里生了火。推测起来，是在四点半到五点之间，其间发生了一些事，导致情绪完全逆转，因为她急着烧毁遗嘱，就像她之前急着想立定这份遗嘱一样。是什么事呢？

“据我们所知，在那半个小时里只有她一个人。没有人进出过那间内室。是什么事让她情绪发生了突然性的转变呢？

“我们只能推测，但我认为我的推测是正确的。英格尔索普太太的书桌里没有邮票，我们清楚这一点，因为后来她吩咐多卡丝带过来一些。房间对面的那个角落里是她丈夫的书桌——锁着的。她急着想找到几张邮票，并且——根据我的推测——她试着用自己的钥匙开桌子。我知道其中有个钥匙是匹配的。所以她打开了书桌，找邮票的时候发现了另外一些东西——就是多卡丝看见的她手里的那张纸，当然这本来绝对不能让英格尔索普太太看到。另一方面，卡文迪什太太认为，她婆婆牢牢抓住的这张纸是她丈夫不忠的书面证明。她向英格尔索普太太索要这张纸，而后者却让她宽心，说真的和这件事无关。卡文迪什太太不相信她。她认为英格尔索普太太是在保护她的继子。卡文迪什太太是个坚定果断的人，同时，在她小心谨慎的面具之下，是她对丈夫疯狂的妒忌。她决心不惜一切代价都要把那张纸弄到手，靠着这种决心，她等到了一个机会。她无意中捡到了英格尔索普太太文件箱的钥匙，就是那天早上丢了的那把。她知道婆婆总是把重要的文件存放在这个特殊的箱子里。

"因此卡文迪什太太制订了计划，只有因妒忌而孤注一掷的女人才会那么做。傍晚某个时刻，她拔去了通往辛西亚小姐房间那扇门的门闩，可能还在铰链上抹了点油，因为我发现我试着开门的时候，一点动静也没有。安全起见，到了凌晨她才实施自己的计划，因为在那个时候，用人们一般都能听见她在房间周围走动的声音。她穿好了在田间干活时的衣服，悄悄地从辛西亚小姐的房间进入了英格尔索普太太的房间——"

辛西亚打断了他的话：

"但是如果有人进了我的房间，我应该醒过来了啊？"

“如果你没有被下药的话，小姐。”

“下药？”

“没错！”

“你们记得，”他又对我们解释了起来，“到处都乱作一团，到处都是吵闹声，可隔壁的辛西亚小姐却在睡觉。有两种可能性，要么她是在装睡——我可不相信——要么她的不省人事就是人为造成的。

“带着后面这种想法，我非常仔细地检查了所有的咖啡杯。我记得前一天晚上是卡文迪什太太给辛西亚小姐拿的咖啡。我从每个杯子里都取了一点试样并做了分析——毫无结果。我仔细地算了算杯子，万一其中一个已经被拿走了。六个人六个咖啡杯，六个杯子都在那儿。我只好承认我错了。

“后来我发现自己有一个严重的疏忽。一共有七个人而不是六个人喝了咖啡，因为那天晚上包斯坦医生在那儿。整件事情都变了，因为现在有个杯子不见了。用人们没有注意这件事，女佣安妮端来了七杯咖啡，可她不知道英格尔索普先生没有喝，而第二天早上多卡丝像平时那样收拾了六个杯子——或者严格地说，她发现了五个，第六个就是在英格尔索普太太房间里打碎的那个。

“我相信那个不见了的杯子正是辛西亚小姐的。我这么想还有一个原因，就是所有的杯子里面都有糖，可辛西亚小姐从来不往咖啡里放糖。有件事引起了我的注意，安妮说她在每晚都端到英格尔索普太太房间里的可可托盘上发现了一些'盐'，因此我从可可里取了一点试样，并拿去化验了。"

"但是包斯坦医生已经检查过了。"劳伦斯飞快地说。

"不完全是这样。他只要求分析里面是否含有士的宁，而我则要求化验其中是否含有安眠药。"

"安眠药？"

"是的。这是分析报告。卡文迪什太太给英格尔索普太太和辛西亚小姐下了一种安全而有效的麻醉药。这样一来她就有时间行动了。当她婆婆突然发病死去，并且她听到'毒药'这个词之后，该是一种怎样的心情！她认为自己放的安眠药是绝对无害的，但是，毫无疑问，在那个可怕的时刻，她肯定非常害怕有人会把英格尔索普太太的死归咎于她。她内心充满恐惧，于是急忙下楼，飞快地把辛西亚小姐用过的那个咖啡杯和托盘扔进了一个大黄铜花瓶里，后来劳伦斯先生在那儿找到了杯子。她没敢碰剩下的可可，太多眼睛盯着她了。当提到士的宁之后，她发现悲剧终归不是她造成的，可以猜到，她总算松了口气。

"现在我们就能解释为什么这么长时间之后士的宁的中毒症状才表现出来。麻醉药和士的宁一起吃的话，会把毒药的发作时间往后延几个小时。"

波洛停了下来。玛丽看着他，脸上渐渐有了血色。

"你说的这些都是真的，波洛先生，那是我一生中最糟糕的时刻，我永远也不会忘记。但是你真是太棒了。现在我明白——”

“当我跟你说向波洛神父忏悔很安全的时候，是什么意思，嗯？可你却不信任我。”

“我现在都明白了，”劳伦斯说，“有麻醉药的可可，在有毒的咖啡之后被服用，造成了毒发的推迟。”

“没错，可咖啡有没有毒呢？我们遇到了一点小麻烦，因为英格尔索普太太没有喝。”

“什么？”众人惊叫道。

“是的。你们记不记得我说过英格尔索普太太房间的地毯上有片污渍？它有这么几个特点：当时还是潮湿的，有浓重的咖啡味，渗到地毯绒毛里了，另外我还发现了一些极小的瓷器碎末。我明白发生了什么。因为不到两分钟之前，我把我的小文件箱放在靠窗的桌子上，可桌面倾斜，把文件箱掀到了地板上，正好也在那个位置。同样，那天晚上，英格尔索普太太把送到房间里的咖啡也放到了桌上，而那不牢靠的桌子也用同样的方式戏弄了她。

“对我来说，后面发生的事情只是一种推测。我猜，英格尔索普太太捡起了打破的杯子并放在了床边的桌上。她觉得需要一点提神的东西，于是热了可可并喝了下去。现在，我们又将面临一个新问题。我们知道可可里没有士的宁，她又没喝过咖啡，然而士的宁一定是在晚上七点到九点之间服下去的，那么，第三个中介物是什么——恰如其分地盖住士的宁的味道以至于根本没人想起来？”波洛环视四周，接着令人印象深刻地自己回答道：“她的补药！”

“你是说凶手把士的宁放进了她的补药里？”我大声问。

“根本不需要放进去，已经在里面了——在混合物里。杀害英格尔索普太太的士的宁就在威尔金斯医生开的处方里。为了让大家更清楚，我读一读从塔明斯特红十字医院药房里发现的一本配药书上抄的一段话：

> 下面的配方已被广泛采用：
>
> 士的宁盐……gr.1
>
> 溴化钾……3vi
>
> 水…………………3viii
>
> 混合后摇匀
>
> 这种溶液在数小时之内可以使绝大部分士的宁沉淀成一种不易溶解的透明晶体状的溴化物。英国一女士因服用类似混合物而死亡：士的宁沉淀在瓶子底部，在最后一次服用时，她几乎一饮而尽！

“问题在于，威尔金斯医生的处方中没有溴化物，但你们肯定记得我提到过的装溴化铵粉末的空盒子。把一两包粉末放进盛满补药的瓶子里，就可以有效地沉淀士的宁，就像那本书所写的，使它在最后一剂药中被服用下去。稍后你们会知道，这个经常为英格尔索普太太倒药的人一直极为小心地不去摇晃瓶子，好让沉淀物老实地待在瓶底。

“有很多证据都可以证明惨剧应该发生在星期一晚上。那天，英格尔索普太太的电铃线被整齐地割断了，而那天晚上辛西亚小姐在朋友们那儿过夜，这样一来楼房右侧就只有英格尔索普太太一个人了，因此她完全得不到任何帮助，十有八九在医生赶来急救之前就死去了。但是那天晚上，英格尔索普太太匆忙赶去参加村子里的晚会而忘了吃药，第二天又是在外面吃的午饭，所以最后的——致命的——那剂药的服用时间比凶手预计的晚了二十四个小时，而且由于这种延迟，最终的证据——链条中的最后一环——我现在才拿到。”

大家都激动得喘不过气来。他掏出了三张薄纸片。

“一封凶手亲笔写的信，朋友们！假如信写得再明白一点，英格尔索普太太也许会产生警觉而逃过一劫。可惜，她虽然意识到了自己的危险处境，却不知道这危险是怎么来的。”

在死一般的沉默中，波洛把几张纸拼在一起，清了清嗓子，念道：

“‘最亲爱的伊芙琳：

没有收到消息你一定很担心。没事的，只是昨晚不巧错过了，要等到今晚。你能理解的。老女人一死，咱们的好日子就来了。没人能查明是我做的。你那个溴化物的主意，真是神来之笔。但我们必须十分谨慎，一步错……'

“朋友们，信念完了。显然写信的人被打断了；但是，他的身份已经没有疑问了。我们都知道这笔迹还有——”

一声尖叫的哀号打破了这沉默。

“该死的！你怎么找到的？”

一把椅子打翻了。波洛灵巧地跳到一边，那个攻击他的人扑了个空，轰然倒地。

“先生们，女士们，”波洛动作花哨，“让我向大家介绍一下凶手——阿尔弗雷德·英格尔索普先生！”

第十三章 波洛的解释

“波洛，你这个老东西，”我说，“我恨不得掐死你！一直欺骗我，你到底用意何在？”

说这话时，我们正坐在图书室里。令人激动的那几天已经过去了。在下面的房间里，约翰和玛丽已言归于好，此时，阿尔弗雷德·英格尔索普和霍华德小姐已经被拘留了。现在，我终于可以和波洛面对面，以减轻我那依然强烈的好奇心了。

波洛起先没回答我，后来他终于说道：

“我没骗你，我的朋友，我最多就是任凭你骗了自己。”

“是吗？为什么？”

“嗯，一两句话说不明白。你要知道，我的朋友，你本性坦诚、表里如一，所以，不太可能隐藏自己波动的情绪！如果我把我的想法都对你讲了，那个狡猾的阿尔弗雷德·英格尔索普先生看你第一眼，就会——用你们那句俗话说——‘嗅到秘密’[1]！然后，他就会脚底抹油，对想要逮住他的我们说声‘拜拜’了。”

“我认为我的外交手段比你口中的更高明。”

“我的朋友啊，”波洛恳求道，“请你别动气！你的帮助在整个过程中是最有价值的。但的确，恰恰是你这种美好的品性让我有所顾虑。”

“好吧，”我稍稍缓和了一些，嘟囔道，“但我依然认为，你可以给我一点点暗示啊。”

“我有，朋友，我给了你几个暗示，你没能领会。想想吧，我说过我觉得约翰·卡文迪什有罪吗？正好相反，我不是告诉过你他一定会被宣判无罪吗？”

“是的，可是——”

“还有，随后我立刻说要想把凶手绳之以法比较困难，不是吗？难道你不明白我说的是两个完全不同的人吗？”

“是的，”我说，“我就是不明白！”

“还有，”波洛继续说，“从一开始，我不是跟你反复说过好几次，我不想让英格尔索普先生现在就被捕？那应该给你传递了某种信息。”

“你是不是想说早在那时你就开始怀疑他了？”

“是的。首先，英格尔索普太太死了对其他人可能都有好处，而得到好处最多的是她的丈夫。这个是他脱不了

①原文是“smelt a rat”。

干系的。那天和你第一次去斯泰尔斯时，我对于这个罪行是如何实施的，毫无头绪。但是根据对英格尔索普先生的了解，我意识到很难找到任何证据将他和这桩罪行联系起来。一进庄园我就明白了，是英格尔索普太太烧毁遗嘱的；说到这儿，顺便插一句，你不能抱怨，我的朋友，因为我已经尽我所能来提示你大夏天在卧室生火这件事的意义了。”

“对，对，”我迫不及待地催促他，“接着往下说。”

“好的，我的朋友，就像我说的那样，我对英格尔索普先生有罪这个看法曾非常摇摆不定。事实上，有这么多对他不利的证据，我反而相信他没有干过这些事了。”

“你是什么时候改变这个观点的？”

“当时，我感到我越是努力洗清他的罪名，他越是千方百计地让自己被捕。接着，我发现英格尔索普和雷克斯太太毫无瓜葛，事实上是约翰·卡文迪什对那个女人有意思，我就非常确定了。”

“但这是为什么？”

“这显而易见：要是英格尔索普和雷克斯太太有染的话，他的沉默非常好理解。但是，当我发现全村人说的是约翰被农场主的漂亮老婆吸引时，他的沉默就有了完全不同的阐释。他推说他害怕流言蜚语，这是无稽之谈，因为没有任何流言蜚语与他有关。他的这种态度强烈地推动着我去思索，我慢慢被动地得出这样的结论：阿尔弗雷德·英格尔索普希望自己被捕。嗯，好吧，从那会儿起，我就同样坚信，他不应该被捕。”

“等一下，我不明白为什么他希望自己被捕呢？”

“我的朋友，这是因为贵国的法律规定，一个人如果被宣判无罪，就不能再以这个罪名被审判，嗯哼，他的这个主意——真是不错！可以肯定的是，他是个很有手腕的人。你看啊，他知道处在这个地位肯定要受怀疑，因此构思出这个非常聪明的点子——准备一大堆针对自己的假证据。他想让自己被怀疑，他想让自己被捕，然后提供自己无懈可击的不在现场的证据——接着，你看，他就可以保住性命了！”

“不过我还是不明白，他用什么办法证明自己不在现场，然而却去过药店？”

波洛惊讶地盯着我。

“这可能吗？我可怜的朋友！你还没意识到去药店的是霍华德小姐？”

“霍华德小姐？”

“肯定是她，除了她还有谁？这对她来说最容易了：她个子高，嗓音低沉而男性化。另外别忘了，她和英格尔索普是表兄妹，他们俩有显而易见的相似性，特别是在举手投足之间。这件事情再简单不过了。他们真是聪明的一对啊！”

“溴化物事件确切来说是怎么回事？我还是有点糊

涂。”我说。

“好吧！我将尽我所能为你重现事件过程。在这件事上，我倾向于认为霍华德小姐是幕后主使。你记不记得她曾经说她父亲是个医生？她可能为她父亲配过药，或者是从辛西亚为备战考试而放在那儿的大量书籍里的某一本中获得了灵感。不管是哪个原因，她熟知这么一件事，那就是把溴化剂加到含有士的宁的混合溶剂中能产生沉淀。很可能这个主意来得相当突然。英格尔索普太太有一盒溴化剂药粉，夜间偶尔拿来服用。偷偷拿一两包放到英格尔索普太太从库特药店刚买来的一大瓶补药中，还有比这更容易的事吗？实在是万无一失。惨剧差不多要两周后才会发生。要是有谁看到他们俩中的一个接触到这种补药，到那时候也已经记不得了。应该是霍华德小姐自己策划了那场争吵，然后离开了庄园。随着时间的流逝，以及她的离开，所有怀疑都将被消除。是啊，这是一个聪明的点子！要是他们就此止步，可能永远也不能确证他们犯下的罪行。可是他们画蛇添足，想证明自己更聪明——这就导致了他们自取灭亡。”

波洛抽了一口他那支细小的香烟，两眼盯着天花板。

“他们制订了一个计划，到村里的药店买士的宁，模仿约翰·卡文迪什的字迹在登记册上签名，把嫌疑转嫁到他身上。

“星期一，英格尔索普太太会吃下她最后一剂药。因此，在星期一的六点钟，阿尔弗雷德·英格尔索普故意让很多人看见他去了一个远离村子的地方。为了解释他后来的沉默，霍华德小姐事先编造了一个关于他和雷克斯太太的荒诞不经的故事。六点，霍华德小姐扮成阿尔弗雷德·英格尔索普走进药店，说是狗的缘故而买了士的宁，并且模仿约翰的笔迹——她早已仔细研究过了——写下了阿尔弗雷德·英格尔索普的名字。

“但是如果约翰也能提供不在场证明，就成功不了了。所以她给他写了一张匿名字条——也是模仿他的笔迹——把他骗到一个偏僻的地方，在那儿有人看见他的概率极低。

“至此，一切都很顺利。霍华德小姐回到了米德林厄姆，阿尔弗雷德·英格尔索普则回到斯泰尔斯庄园。再也没有什么事情能以任何方式威胁到他了，因为有士的宁的是霍华德小姐，而购买它只是把嫌疑转移到约翰·卡文迪什身上的障眼法罢了。

“但是现在出了岔子，那天晚上英格尔索普太太没吃药。电铃的破坏，辛西亚的离开——英格尔索普通过他妻子安排的——这些都白忙活了。于是——他犯了个错误。

“英格尔索普太太出去了，于是他坐下来写信给他的同伙，他担心她因为计划落空而惊慌失措。有可能英格尔索普太太回来得比他预期得早，因为怕被逮个正着，加上有些慌乱，他匆忙地停了笔并把信锁进自己的书桌里。他怕自己留在房间里可能会再次打开书桌，那么英格尔索普太太会在他藏起这封信之前就看在眼里。所以他出了门，去树林里散步，可他做梦都没想到英格尔索普太太会打开书桌，发现了这份暗示犯罪的证据。

“我们知道接着发生了什么。英格尔索普太太读了信，了解到自己的丈夫和霍华德小姐对自己的不忠，虽然不幸的是关于溴化物的那句话并未让她警觉起来。她知道自己处于危险之中——但她不知道这危险在哪儿。她决定什么也不跟丈夫说，而是坐下来写信给律师，让他第二天过来，并且打定主意立刻烧毁她刚刚立下的遗嘱。她把这份致命信件保存了起来。”

“所以，她丈夫撬了文件箱是为了找那封信吗？”

“没错。而且从他甘冒这么大的风险我们可以看出他绝对意识到它有多重要了。除了那封信，绝对没有什么可以把他和犯罪联系在一起了。”

“只有一件事情我不明白，他拿到信之后为什么不立刻烧了？”

“因为他不敢冒最大的风险——带在自己身上。”

“我不明白。”

“从他的角度来看一看。我发现他只有短短的五分钟来处理这封信——五分钟后我们就进入现场搜证，那个时间安妮正在打扫楼梯，如果有人去右侧她就能看到。自己想象一下吧！他走进房间，用其他房间的钥匙打开了门——它们十分相像。他急忙走向文件箱——锁着的，钥匙也不见了。这对他是个沉重的打击，因为这表示他在房间里的事不能像他希望的那样隐瞒住。但是他很清楚，为了这张该死的证据他必须承担所有的风险。他用一把小刀撬了锁，翻了里面的文件，发现了自己要找的东西。

“但是现在有了新的麻烦：他不敢把那张纸带在身上。可能会有人看到他离开房间——他可能被搜查。如果在他身上发现了这张纸，就都完了。可能在这一刻他听到了楼下韦尔斯先生和约翰离开了内室，他必须迅速行动起来。他能把这可怕的纸放在哪儿呢？废纸篓里的东西都将被存起来，而且肯定会受到检查。没有什么办法可以毁掉它，而且他也不敢留着它。他看看四周，于是他看见——你认为是什么，我的朋友？”

我摇摇头。

“他立刻把这封信撕成长而细的小条，卷成卷儿，然后塞进壁炉台上花瓶中的其他纸捻之间。”

我惊叫起来。

“没人会想起来朝那儿看，”波洛继续说，“等他有空的时候就能回来烧掉这唯一不利于他的证据。”

“所以，从始至终，它都在英格尔索普太太卧室的花瓶里，就在我们眼皮底下？”我大喊。

波洛点点头。

“是的，我的朋友。那就是我发现我的‘最后一环’的地方，而且我应该把这个十分幸运的发现归功于你。”

“归功于我？”

“是的。你还记得吗，你跟我说，我在摆弄壁炉台上的装饰品时，手在颤抖？”

“是的，可是我没看见——”

“没错，但是我看见了。你知道吗，我的朋友，我记得那天一大早，我们一起在那儿的时候，我把壁炉台上的东西整理了个遍。那么，如果它们已经被摆正了，就不需要再整理了，除非，在这段时间里其他人动过它们。”

“哎呀，”我嘀咕着，“这解释了你异常的举止。你冲到斯泰尔斯，发现它仍在那儿？”

“是的，这是在跟时间比赛。”

“可我还是不明白，明明英格尔索普有很多机会可以烧了它，为什么他这么笨，让它留在那儿？”

“啊，他没有机会。我留意着这件事。”

“你？”

“是呀，你还记得吗，你责备我在这件事情上把这一家人都当成了知己？”

“记得。”

“哎，我的朋友，我想到只有一个可能。那时候我不确定英格尔索普有罪，但如果他是凶手，我推测他身上就不会带着信，而是会把它藏在某个地方，通过全家人的帮助，我能有效地阻止他烧毁信件。他已经受到了怀疑，而通过把这件事公之于众，我就会得到十多个业余侦探的服务，他们会不间断地监视他。知道自己处于他们的监视之下，他不敢轻举妄动去烧毁这证据。因此他只好离开这幢房子，把它留在花瓶里。”

“但是霍华德小姐肯定有足够的机会帮助他。”

“没错，然而霍华德小姐不知道有这封信。按照事先安排好的计划，她决不能跟英格尔索普说话。他们应该是死对头，除非约翰·卡文迪什被定罪，否则他们中的任何一个都不敢冒险见面。当然我有个看守一直监视着英格尔索普先生，希望他迟早会把我带到藏匿地点。可他太狡猾了，没有冒一点儿风险。那封信所在的地方很安全，既然第一个星期里没有人想到去那儿看看，那么以后也不可能想起来。要不是你那幸运的一句提示，我们也许永远都不能把他捉拿归案了。”

“现在我明白了，但你是什么时候开始怀疑霍华德小姐的？”

“审讯时，她说她收到英格尔索普太太的一封信，但我发现她撒谎了。”

“哦？撒了什么谎？”

“你见过那封信了吗？你能回忆起它的大致样子吗？”

“嗯，差不多吧。”

“那你肯定能想起来英格尔索普太太字写得非常特别，字距很大。但是如果你看看信上面的日期，就会注意到，‘7 月 17 日’这几个字有问题。你明白我说的吗？”

“不，”我承认，“不明白。”

“那封信不是17日写的，而是7日写的，即霍华德小姐离开之后的那天，难道你不明白吗？‘7’前面加个‘1’就变成了‘17’。”

“可是为什么？”

“我也是这么问自己的。为什么霍华德小姐要隐瞒那封写于17日的信，而拿出一封假的呢？因为她不愿意拿出17日的那封。为什么？我立刻产生了怀疑。你应该记得我说过，小心那些对你撒谎的人是明智的选择。”

“可是，”我愤愤地大声说道，“之后你告诉了我两个霍华德小姐不可能犯罪的原因！”

“而且也是正确无比的原因，”波洛说，“很长一段时间它们一直都是我的障碍，后来我想到一个极为重要的事实：她和阿尔弗雷德·英格尔索普是表兄妹。她不可能单独作案，但这种不利因素并不能阻止她成为一个同谋。而且那时候，她心中的仇恨太过强烈，隐藏着一种相反的感情。很明显，在他来到斯泰尔斯之前，他们之间就有一种扯不清的感情。他们早就预谋了这无耻的计划——他和这个富有但愚蠢的老女人结婚，诱使她立个遗嘱把钱留给他，之后通过一个构思巧妙的谋杀以达到目的。如果一切事情都按他们的计划发展，他们可能会离开英国，带着他们可怜的受害者的钱生活在一起。

“他们可真是狡猾而不择手段的一对儿。当怀疑直接指向他时，为了达到一个完全相反的结局她冷静地做了许多准备，她带着所有罪恶的计划从米德林厄姆来到这儿，她不会受到怀疑的。她从这房子里进进出出也不会引起注意。她把士的宁和眼镜藏到了约翰的房间里，胡子则放在了阁楼里。她料到人们早晚会发现。

“我不太明白他们为什么要设法嫁祸给约翰，”我说，“栽赃给劳伦斯更容易啊。”

“没错，但这纯属偶然。所有对劳伦斯不利的证据都是意外事件引发的，显然这让这对阴谋家十分烦恼。”

“案发后，劳伦斯的举止确实很异常。”我沉思着说。

“是的。你一定知道这背后的含义了？”

“不知道。”

“你不明白吗，他以为辛西亚小姐犯了罪。”

“不，”我惊讶地大喊，“不可能！”

“怎么不可能。我自己也差点儿这么想。当我问韦尔斯先生有关遗嘱的第一个问题时就产生了这个念头。后来又发现了她配制的溴化铵药粉，还能惟妙惟肖地装扮成男人，就像多卡丝说的。对她不利的证据真是比其他人都多。”

“你在开玩笑，波洛！”

“我有没有跟你说过，在那个谋杀之夜劳伦斯第一个走进他母亲的房间时，是什么让他脸色变得如此苍白？他母亲躺在那儿，很明显是中毒了，他扭过头，看见通往辛西亚小姐房间的那扇门没闩。”

“可他宣称他看见门是闩着的！”我大叫。

“确实如此，”波洛干巴巴地说道，“这就更让我怀疑了。他在包庇辛西亚小姐。”

“但他为什么要包庇她？”

“因为他爱上了她。”

我笑了。

“那你可就弄错了！我刚好知道一件事，他才没有爱上她，而是很讨厌她。”

“谁告诉你的，我的朋友？”

“辛西亚自己。”

“可怜的孩子。她很忧虑吗？”

“她说她根本不在乎。”

“那她肯定很在乎，”波洛说，“女人啊！”

“你说的关于劳伦斯的事让我大吃一惊。”我说。

“但是为什么呢？这太显而易见了。每当辛西亚小姐跟他哥哥说说笑笑时，他就面带愠怒，不是吗？他脑海中早就产生了辛西亚与约翰相爱的想法。当他走进母亲的房间，看到她明显是中毒了，就仓促地得出结论，即辛西亚一定知道些什么。他几乎被绝望所驱使。他先用脚把咖啡杯踩得碎碎的。他记得前一天晚上是她和他母亲一起上楼的，于是决定不给人任何机会去检测杯子里的东西。从那以后，他就费力地但非常徒劳地坚持‘自然死亡’这个观点。”

“那么，那个‘额外的咖啡杯’又是怎么回事？”

“我很肯定是卡文迪什太太藏起来的，但是我得弄清楚。劳伦斯先生根本不知道我说的是什么意思，但是转念一想，他就得出了个结论，如果他能在某个地方找到另外的那个咖啡杯，那他心上人就不会受到怀疑了。他是完全正确的。”

“还有一件事，英格尔索普太太临死前说的话是什么意思？”

“当然是揭发她丈夫。”

“唉，波洛，”我叹了口气，“我觉得你都解释清楚了。我很高兴一切都圆满解决。连约翰和他妻子都重修旧好了。”

“多亏了我。”

“多亏了你？你这话是什么意思？”

“我亲爱的朋友，难道你没意识到正是这场审判让他们重归于好的吗？我深信，约翰·卡文迪什依然爱他的妻子，而她也爱他。但他们已经离对方太远了。全都是误会引起的。她嫁给他时并不爱他。他知道这一点。他是个敏感的人，要是她不怎么理他，他不会强迫自己去接近她。因为他退缩了，她的爱情反而被唤醒了。但他们都太骄傲了，他们的骄傲让他们被无情地拆开了。他陷入了与雷克斯太太的纠缠之中，而她也故意培养和包斯坦医生的友谊。你还记得约翰·卡文迪什被捕那天，你发现我在考虑一个重大的决定吗？”

“记得，我非常理解你的苦恼。”

“请原谅，我的朋友，可是你对此全然不懂。我当时正犹豫是否立刻为约翰·卡文迪什洗脱嫌疑。我本来可以做到的——虽然这可能会让真正的凶手逃脱。至于我真实的想法，他们完全被蒙在鼓里——这在一定程度上导致了我的成功。”

“你是说你原本可以让约翰·卡文迪什免受审判的？”

“是的，我的朋友。可是我最后还是决定支持‘一个女人的幸福’。只有通过最严峻的考验，这两个骄傲的灵魂才能重新靠近。”

我惊奇地默默注视着波洛。这个小个子真是厚脸皮！除了波洛，谁还能想到用谋杀审判来恢复夫妻幸福呢！

“我看出了你的想法，我的朋友，”波洛冲我微笑着说，“除了赫尔克里·波洛，没人会尝试这种事！不过你不能谴责我。一个男人和一个女人的幸福，是世界上最伟大的事。”

他的话让我想起了之前发生的事。我想起玛丽脸色苍白、筋疲力尽地卧在沙发上，静静听着，听着。楼下传来一阵铃声。她一跃而起。波洛打开门，迎着她痛苦焦虑的眼神，温和地点点头。“好了，太太，”他说，“我把他给你带回来了。”他往旁边一站，我走出门时，看到了玛丽眼中的神情。此时，约翰·卡文迪什已经把妻子拥入怀中了。

“也许你是对的，波洛，”我轻轻地说，“是的，这是世界上最伟大的事。”

突然，响起了敲门声，辛西亚探进头来。

“我……我只是……”

“进来吧。”我说着，站起身。

她走了进来，但没坐下。

“我……只是想告诉你们一件事……”

“什么？”

辛西亚不安地摆弄着一个小流苏，接着，突然大声喊道：“你们真好！”她先吻了我，又吻了波洛，然后冲出了房间。

“这到底是什么意思？”我吃惊地问。

被辛西亚吻一下是很不错，但是这种公开的道谢让这种快乐打了折扣。

“意思是，她发现劳伦斯先生并不像她以为的那样不喜欢她。”波洛镇定自若地说。

“可是……”

“他来了。”

这时，劳伦斯进了门。

“啊！劳伦斯先生，”波洛叫道，“我们得祝贺你，是吧？”

劳伦斯的脸红了，窘迫地笑笑。恋爱中的男人都很腼腆。现在，辛西亚看上去太迷人了。

我叹了口气。

“怎么了，我的朋友？”

“没什么，”我伤心地说，“她们是两个可爱的女人！”

“可没有一个属于你？” 最后，波洛说道，“没关系。放心吧，我的朋友。可能我们还会一起捕猎，谁知道呢？到时候……”

图书在版编目（CIP）数据

斯泰尔斯庄园奇案 : 精装纪念新版 / (英) 阿加莎 · 克里斯蒂著 ; 郑卫明译 . -- 4 版 . -- 北京 : 新星出版社 , 2025. 6. -- ISBN 978-7-5133-6070-8

Ⅰ . I561.45

中国国家版本馆 CIP 数据核字第 2025YB2929 号

午夜文库
谢刚 主持

斯泰尔斯庄园奇案（精装纪念新版）

[英] 阿加莎 · 克里斯蒂 著; 郑卫明 译

责任编辑 刘 琦　　**统筹编辑** 王 欢
责任印制 李珊珊　　**责任校对** 刘 义
封面插图 宣 和　　**装帧设计** 周伟伟

出 版 人 马汝军
出版发行 新星出版社
（北京市西城区车公庄大街丙 3 号楼 8001　100044）
网　　址 www.newstarpress.com
法律顾问 北京市岳成律师事务所
印　　刷 北京天恒嘉业印刷有限公司
开　　本 889mm × 1092mm　1/32
印　　张 8.375
字　　数 155 千字
版　　次 2025 年 6 月第 4 版　　2025 年 6 月第 1 次印刷
书　　号 ISBN 978-7-5133-6070-8
定　　价 65.00 元

总机：010-88310888　传真：010-65270449　销售中心：010-88310811